炉边独语

王任叔散文精选

王任叔 著

泰山出版社·济南·

图书在版编目（CIP）数据

王任叔散文精选 / 王任叔著. -- 济南：泰山出版
社，2023.11

（炉边独语）

ISBN 978-7-5519-0791-0

Ⅰ. ①王… Ⅱ. ①王… Ⅲ. ①散文集－中国－当
代 Ⅳ. ① I267

中国国家版本馆CIP数据核字（2023）第094794号

LUBIAN DUYU　WANGRENSHU SANWEN JINGXUAN

炉边独语：王任叔散文精选

责任编辑　王艳艳　王凌云
装帧设计　路渊源

出版发行　泰山出版社
　　社　　址　济南市泺源大街2号　邮编　250014
　　电　话　综 合 部（0531）82023579　82022566
　　　　　　出版业务部（0531）82025510　82020455
　　网　　址　www.tscbs.com
　　电子信箱　tscbs@sohu.com
印　　刷　山东通达印刷有限公司
成品尺寸　150 mm×230 mm　16开
印　　张　13.25
字　　数　162千字
版　　次　2023年11月第1版
印　　次　2023年11月第1次印刷
标准书号　ISBN 978-7-5519-0791-0
定　　价　39.00元

凡　例

一、本书收录了作者的散文经典文章或片段节选，主要展现了作者的学术历程、情感操守，以及当时的时代风貌等。

二、将所选文章改为简体横排，以适应当代的阅读习惯。所选文章尽量依照原作，以保持文章的时代韵味，部分内容参照当下最新的整理成果进行了适当修改。

三、所选文章没有标题或者标题重复的，编辑时另行拟加或改拟。

四、对有些当时惯用的文字，如"的""地""得""作""做""哪""那""吧""罢""化钱""记帐"等，仍多遵照旧用。

目录

001　出　走

008　任生及其周围的一群（节选）

074　一个平凡人的传略

084　第一次过堂

095　我来自东

116　自　传

120　浮罗巴烟

129　从前有过职业

131　悼高尔基

133　斗室随笔

139　阿Q型以外

141　不会有的事

143　关于恋爱

145　"小钉""瓦碟"

153　杂　写

155　蝴蝶的梦

160　论"没有法子"

164　说笋之类

170　杂家，打杂，无事忙，
　　　文坛上的"华威先生"

177　一个反响

180　再论"没有法子"

185　烈士与战士

187　战士与乏虫

189　侨居杂记

195　关于"巴人"

199　"肯定"与"否定"

202　消亡中的"哀鸣"

出　走

一九二六年六月的一天下午，是星期日，天气晴朗而美好。我同世楣正向北门外锦屏山上的公园走去。快要走到转向北门去的一条长弄上，竹书从后面紧急地赶来，我们停下了。他赶上了几步，气喘得一时说不出话来，他那苍黄的瓢儿形的脸上，显得灰白而阴暗了。

"县政府派了警察来学校，正在找你。他们将要逮捕你，快走，别再去开什么座谈会，也别再回学校了。"

他说话时两眼直盯着我。我知道出了什么事。军阀们的铁爪正在从宁波伸到我们这小小的县城奉化。罪名大概也是明白的："赤化分子"。

"走到哪里去呢？"我迟疑了一会儿说，"可能还只恐吓一下？吓你离开这里，别中了计吧！"

"他们要把你抓起来的风声已经传得很久了。"竹书说，"这回已经派了警察来，显然不只是恐吓的了。"

世楣站在一边，一时没搭腔。他也许在考虑今天我们去公园招待城里青年开座谈会的任务，他也许在回想去年来敌人方面几次用谣言攻势迫使仲隅从县中离开，而这回是否是重施故技。但他听到了竹书的话以后，皱一皱眉，接着说道：

"也许这回真的要下毒手了。不久以前，宁波的段承泽，这镇守司令，不是把蒋本菁抓起来了吗？"他迟疑一下，"我看，你还是避一避风好。"

"避一避风？"

"走，我陪同你。就在这时，立刻，出北门走向宁波去。"竹书义形于色地说。

"那么，我真的要放弃岗位，走上流亡的路了吗？"我苦笑着。

"这真是想不到的事。"

"还有我们守着呢。"世楣说，"我们的运命，看来决定于将要到来的北伐的形势，再说赵济猛，石德濂他们和我们剡社一些骨干合起来，还是有力量应战的。走吧，暂时避一避风更妥当些。"

这样，我的"运命"就在这三人的"路边会议"中决定了。

"走，赶到宁波去。"

当时，从奉化去宁波有两条路，一条出大桥到西坞，乘小轮船。但这时已经下午两点多钟了，显然已赶不上轮船。一条出大桥到南渡乘夜航船。但敌人既然要抓你，不会不在交通码头上去兜捕的。

"走去就是了。"竹书看我在迟疑，催促着说，"现在是两点钟，八十里路，八点钟可以走到。走吧。"

我们匆匆地走出北门，走过了北门外的大沙堤，就一直朝东往大路上走去。竹书走在前面，我跟着。两个人保持一定的距离，急速地走着。

不能不使我回想起最近的和过往的一些事，仿佛这些事就决定着我这次出走的命运。

要我离开奉化，离开县立初中的恐吓，已经不止这一次了。两个月前，在一个深夜里，县议会里一个姓张的议员，算来也是剡社的社员，排闼闯进校来，直入我的卧室，形色仓皇地说道：

"你必须赶紧离开这里。我从县衙门那里得到消息，沈秉丞正在设法逮捕你。他们想用法律手续，控告你公然侮辱罪，因为你在《新奉化月刊》上，写文章骂法治协会的人。之后，他们就想在打官司当口，提出你有赤化的证据，把你当作一个赤化分子逮捕起来。据说，这还因为宁波镇守司令段承泽行文到这里要逮捕赤化分子，你就这样给算上是一个了。"

他气喘喘地说上了一大堆。之后，还加上断语说：

"真的，别的罪名还没有什么，只是赤化分子的罪名那是性命交关，要杀头的呢。"

我笑笑回答道：

"杀头？那确是性命交关的。一个人只有一个头，我又不是牛魔王。可是，我还不能离开这里。"

这自然使那位姓张的议员不免失望了。他摇摇头，悻悻然回去，仿佛深怪我不接受他的好意。

自然是好意，但我也怀疑他的好意。他虽然也是剡社的社员，但我认定他是两面派，私下里是和法治协会分子有沟通的。本来嘛，这剡社的组织不过是一个改良主义的团体，不是彻底的革命派。从它形成的过程和组织成员来看，大致是可以这样说的。发起组织剡社的是在宁波当小学教员和日报记者的奉化小知识分子。大约在一九二三年初，五四新文化运动的风气，也有流入到这闭塞的中古式的城市。一些小学教员就有茫然的追求新风气的倾向。他们回想到辛亥革命之前，奉化曾经有过一度革新运动，一些留学过日本的乡下知识分子，首先创办了龙津中学，讲求新学，聘请日本教员，一时来学的，望风而至，连宁波的一些青年也要负笈到奉化这个山城里来求学。这就引起了城里的官绅们惶惶不安，眼看这些革新派将会推翻他们的固有的势力，于是他们另办一个中学，叫凤麓中学，以资对抗。但不久以后，宁波建立了甬江中学，后又改为省立四中和四师，这地处偏僻的奉化就办不下去中学了。于是都告停闭，成立了一个锦溪高小学校。而一些乡下士绅那时又向外发展，早在上海开了家书店，在宁波创办了日报，又在余杭创立了农林牧畜场，他们转向到实业救国的路上去了……接受了五四新风气的一些青年就想起了这个光荣的传统，要来一次对奉化社会的改革，但他们并没有什么明确的目标，只是从自己所从事的职业出发，想用教育来改革奉化，隐约间抱有"教育救国"的思想。恰巧，一九二三年浙江省实行所谓"省自治"，各县都设立起县议会来。这些青年就组织了一个剡社，来争夺这个县议会的议席，企图通过议会在奉化设立个县立初中。在争夺议席之间，城里士绅成立一个法治协会以与剡社相对抗。斗争在争夺议长席位时激烈地展开了。剡社拥戴忠义乡的老绅士庄嵩甫做议长。他正是清末创办龙津中学，在上海创办新学会社，在余杭创办林牧公司，抱着实业救国主张的维新人物。而法治协会为了维持他们在奉化的统治实权，则拥护城里巨绅戴南邨做议长。在议会成立的前夜，庄嵩甫正患着重病，法治协会趁此机会造谣说庄某已因年老病重不幸死掉了。一般从收买中得到选票的议员，纷纷倒向戴南邨一方。可是正当议会揭幕之日，庄嵩甫却矫健地到了会场，并且发表了演说，于是形势一变，过半数的议员都投向了他，他终于被选为议长。剡社接着又吸收一批开明士绅做了社员，扩大了组织，并且不久以后，在县议会里通过了创办初中的决议。这样，一些剡社的骨干分子就在一九二四年春季来到了自己的故乡，聘请了竹书的父亲严老先生当了校长，在宁波一带当小学教员的胡行之，庄世楣和我的二哥王仲隅就回到故乡奉化来主持初中开办事宜，并于一九二四年春季开学了。

那时候，宁波第四中学已由经子渊当了校长。一九二三的夏季，浙江传来了经子渊来长四中的消息。曾为薛福成的幕僚，并据传曾经主张过杀秋瑾的宁波遗老张让三，首先出名致函反对。函电登载在报上，指斥经的罪名是宣传共产公妻，宣传赤化。那时，我们曾联名驳斥此项函电，并表示欢迎。这样，在宁波就发生了反经派和迎经派的笔墨之战，而经子渊却终于在一九二三年秋季来到宁波了，随着也带来了"左倾"的教员和新文化思想。一九二四年春，宁波的国民党分党部成立了，同时，和国民党合作的共产党组织也成立了。实际策划奉化初中的胡行之，他们一方面部署力量，把我安插在离城十几里外的上田坂松林高小学校那里；另一方面，又聘请了曾在四中教书的冯三昧等来当教员。冯三昧当时已是共产党员，但是个郁达夫型的人物。就在一九二四年四五月间，宁波党组织来信要我参加，并且说："参加了党也就参加了国民党，现在我们是跨党的。"我从这时起就被指定与县立初中的冯三昧等发生联系。这就使国民党和我们党组织以县立初中为基地而悄悄地建立起来。同时，奉化初中是个赤化分子的巢穴的谣言也就大大地散布开来了。

首先谣言攻势被吓倒的是守旧分子，其次是动摇分子。到了一九二五年初，县立初中的教务主任胡行之，自动离职，去日本留学了。于是目标集中于被称为大炮手的王仲隅身上。连带攻击到冯三昧等。到了一九二五年下半年，剡社中有人建议王仲隅引退，冯三昧不再续聘，但把我塞进了初中，负起教务主任的职责来。于是，我们仍旧从宁波聘来石德濂和赵济猛两个党员来做教员，在学生中进行思想革命教育，并且还请来王以仁当高级班的国文教员，扩大新文学的阵地。此外，还把剡社的年刊改做了月刊，定名《新奉化》，由我主编。这样，我们除学校阵地外，又有一个舆论阵地了。正是这个刊物打击了法治协会里一些城狐社鼠，使他们对我有置之死地才快意的愤怒。而我自己也就成为站在战壕上的人物，被当作枪靶子来瞄准了……可是到这时，剡社自然也分做了左中右三派，剡社中的右派士绅们日益动摇起来，又像希望我二哥一样希望我引退，我的引退也就是他们远离赤化嫌疑。但我们那时也并不知道怎样发展左派，争取中派，孤立右派。凡事只听它自然发展。我虽没有听动摇分子的"劝降"，但到了反动派真的伸出铁爪来以后，却不得不徒步出走了。

……大约走了三十里，竹书停下来对我说："现在已过了奉化境界了，追捕也追捕不到你了。稍稍休息一下吧！"

"好吧！"我说，"我们放缓一些脚步就是了。再说，还有四五十里路要赶呢。"

一路上，为了赶路，我们之间很少说什么。只是关于到了宁波后投宿在哪里交换了意见。竹书是在《四明日报》做过编辑和记者的，那里还有他的故友张乐尧等，他可以到报馆去投宿。而我则只有一个同乡，同时又是四师的同学王庆睦，那里可以投宿。他是以他的夫人裘慎的幼稚园作为住家的。这幼稚园在后乐园附近的一条街上。进了宁波市区的时候，已经是黑沉沉的夜影笼罩了这个狭小逼仄的中古式的城市。我们分别后，就相互这样约定住址。

"可是，我将在明天回去，打听到情况后，再来通知你，如何决定行止。"竹书临别时还这么说，"可是你不想到广州去吗？几个月以前，那里不是有信来叫你去吗？"

"好吧，一切等今后的消息再说吧。"

我一个人走向后乐园那条街去。庆睦和裘慎两人的形象在我脑子里显现出来了。

任生及其周围的一群 （节选）

一

在有一次旅行里，我赞叹过我们这民族的坚强性格：这性格，像一粒松子，即使落在岩缝里，它还是要吸住土壤，抽出芽来，生根下去，扩大土壤，长大了，苍茂起来！

我因之说，我们民族，是着地生根的民族。

一个老南洋也许习惯了，不会觉得；但一个很偶然的机会，流落在南洋的我，却不得不惊奇这一现象：为什么在别一民族土地上，有到处生根的我们民族同胞？不论你在荒江冷湾之间，不论你在深山大泽之中，你总可以碰到这天外飘来的种子，我们民族同胞，在那里卓然生长着。

一九四二年三月底，我们流亡在苏门答腊省辽州的一个小岛上。这小岛的县治市区，叫作萨拉班让，印尼语里这名字的意思就是"长海峡"，因为这小岛是遮揽在孟加丽斯海外，一条长长的海峡的一边。这时候，距星洲沦陷将有一个多月了，苏门答腊省治棉兰，听说已有日军登陆了。一个知道我姓名的朋友通知我：住在萨拉班让市区里不大好，应该找一个山芭吧。我和老Y（一个诗人）作了几次详谈，要求他跟我们同住。我们既不会说福建话，又不会说广东话；平时是被这里华侨叫作普通人的，因为我们说的是普通话。普通人在南洋华侨社会中是一种新奇人物。没有一个同侨，敢于收留我们。你要假充戚属，藉以避免日军上陆后可能袭来的不幸吗？但你不能和主人说同样的话，怎么办？老Y本有福建同乡家寄居，居停主人即使知道他是一个文人，却也无所谓的。而我们住到山芭去，如果没有他做通译，那将无法生活了。

我们在市区住了将近一月，和我们同住的是一退职的暗探。他广东客家人，名叫郑包超。一个高大个子，心地爽直，自说已经耳聋了的，将近五十岁的男子。他同意我们这意见，且说要为我们代找山芭。"大家是中国人，说不到帮忙。"当我们感谢他盛意后，他这么说。

一天，我和老Y跟着他去找一个山芭。那里他有熟人。这地方，当地人叫作"松芽生比"（狭河）的，它在亚里附近，一个破河湾的尽头。这亚里，也算是一个小市镇，距萨拉班让有四个钟头舢板路程。但到松芽生比还要更远些。

我们雇了一只舢板出发。包超和划子都说知道那条河湾。船划到亚里，岔入直落港。不大的港面，两边都为一二人高的丛生的马胶树所遮住了。一边的河岸，是萨拉班让这部分的延长。另一边却是属于直落岛的起点了。我们要在萨拉班让这一边，找一个马胶树丛生着的河岸的缺口，撑船过去。船一进直落港口，那划子就计数一个个划过的缺口，说是第七个缺口进去，就是那松芽生比河湾了。但他说，记忆有点模糊了，确不定。包超顺着说："是的，第七个缺口进去就行。"

进了缺口，河流越来越仄；两岸依然是一二人高的马胶树。没有鸡鸣狗吠声，也不见半个人影，荒凉，冷寂，统治这世界。

划了二三十分钟，还找不到有可被包超认为是那个山芭的地方。而舢板却已经搁在浅滩沙渍上了。

划子和包超都说找错了路，但叫人感到局促的，是没有一个可以问路的当地人：连屋子的影子也找不到。

包超催促我和老Y上了岸。一片杂草怒生，荆棘交加的地面，一个椰树林也望不见。按照这里人寻路的习惯，凡有椰林之处，也为乡村所在之地。而我们竟望不见椰林，这是如何失望的事呵。但包超说："不要紧，我知道方向，跟我来。"他吩咐划子，把舢板开回亚里海口等着我们。我们便探险前进了。

踏着沙渍与草根交错的土地，从这里一堆，那里一片的茅草缝中穿过去。有时陷在一个洼地里，连拔脚也困难。一望都是这样青灰色的茫茫的草原。我们约莫走了二十分钟，突然在一些树林之间，浮出一间极小的亚搭屋。这在我们看来，好像中国旧小说中所描写的，那狐狸幻化出来的屋子一样。不，更确当说，它是为了我们从地底突然钻出来的。

我们像猎人追赶野兽，扑了过去。那是我们民族同胞的一所住宅。我呆住了！

几乎是十里周围望不到人烟，而他，这小亚搭屋主人，竟从海外飘来，一吸住这土壤，站住了，生活下来。这种坚强不屈的精神，不是具有我们这民族性格的传统的证据吗？

小亚搭屋总共不到四丈转方。厨房，卧室，农具间，都拼在一起，养着鸡，大概是有一个女人的，但没有看到孩子，一个瘦脊然而骨挺的，和善然而阴沉的男子招呼着我们。他认识包超。退职的暗探，曾是他属下的子民吧——这男子，我们已走得满身大汗。大荒原的霉烂气息为热带海边太阳所蒸发，气息更浓重了。它塞住了我们的呼吸。我们立刻钻入他屋子，坐在破凳床板上，休息起来。

主人深愧没有什么可以招待我们，屋内屋外进出着，显得非常窘迫。终于，他拿来了两只绿色的椰果。他说："这里全是红水，生水是不好喝的。茶水也没有。喝些椰水凉凉身吧。"

椰子，这一种南洋的特殊物产。打开了紧包密裹的寸把厚外皮，就有颗圆珠似的钢一样的果核，核里有一二分厚的白色果仁，中间天生一孔椰水。喝着，生冷的，比冰还冷，略有鲜味。我第一次喝这水。在后来我才知道华侨社会里，老年人不喝这水。说它太凉了，伤身体。而在日本占领南洋期间，却又宣传这水经过化验，可以代替接血的血液，治疗伤兵呢。

从这同侨口中，我们知道要找的那个山芭的所在处。我们不久又出发"探险"了。这同侨并不惊我们的到来，也没有那种寡居孤处的人一旦欣逢同侨的高兴表情。他一切都是淡然的。但当我们临行时，他却抓住一只黄毛母鸡，送给包超。他颤着声音，吞吞吐吐，说道："这一点……这一点……"苍黄色脸上，浮出了干燥的，笑不出来似的笑纹。

我们几乎又走了半个钟头，一路都是烂泥巴，连怒生的杂草也少见了。一条荒江烂河，又隔绝了我们的去路。但有独木结成的二十多丈长的破木桥。这木桥，是那样破败，桥脚全是七叉八叉的细木桩子，搭成个半月形。人在那上面走去，它就摇动了。而两旁又没有扶栏。这真叫我们像走木索似的，我摇摇欲坠，走在那上面，听那朽木索索作响，似在控诉这荒江的凄寂与衰败，人迹的稀少。我想人类在这种地区出现，是会被看作山妖水怪的吧。

在不远的泥沼堆上，我们看到一座黑板木屋。接着又听到苍凉的狗声了。我们这三个陌生人物的出现，似乎惊动了他们和平的生活。木屋前，站着两个妇人和青年男女，两只黑狗迎着我们叫来。他们唤出"祖国的乡音"要阻止黑狗的逞凶。打先锋的包超已被那妇人中一个所招呼。我以为到了目的地，但包超随便和她们说上一两句，不待站下，转过屋横头，跨上一条隔有小涧的泥路而去了。我们紧跟在后，这一家人用惊奇的眼光送着我们。

一块树胶园展在我们面前。包超说："到了。"穿过树胶园中的小路。路旁有一条二三尺阔的小涧，流着血一样的红水。在树胶园正中，有一所颇为齐整的白木板屋。包超引导我们到那屋子前面，在五尺阔的走廊上坐定了。

"任生在家吗？"一个中等身材的年青妇人，领着个四五岁的孩子出来，包超这么问着。

"在田头，俺找人去叫。"女人答应着。

一个曲背的小老人，在屋前林子路上踅着过来了。这老人，抱着个周岁孩子，踏着唱着，自有他人生的乐趣；看来他的老生命已和臂抱里的小生命合成一个了。他似乎并没有在较远地方发现我们，所以一近屋子，便吃惊地瞠开两眼，叫一声："哦！客人！"

"爸，孩子给我，你去叫他来，包超先生来家呢。"

那年青妇人从小老人手里接过孩子来，就把孩子在她斜披肩上的大布条中裹住了。孩子跨着她腰骨，骑着；静静的，也知道用惊奇的小眼睛来看我们哩。

"不忙，我们还要在左近看看。"

小老人向树胶林的小径走去，包超这么说。女人进屋子里面去了。老Y对这屋子四周看度一下。我也进这屋子中间。这是前厅，左右有两个厢房。再从扁门进去，是后厅，左右也有两个厢房。厨房紧接在这后厅的披檐下，相当阔大。老Y对我说："山芭里有这样房子，是数一数二的了。"

女人招呼我们先冲凉。我们被引到那跨小涧上横筑就的小亚搭屋中间。血红的溪水在板下流着。一张破麻袋作了这洗澡房的门。人从溪里打起水来，泼在身上，又流下溪去。这比住在萨拉班让从井中打取黄色的咸水冲凉要不知舒服多少了。

包超领我们到另一个农家。距任生家约莫有四分之一公里，在树胶园的另一角。这农家是种菜的。槟榔树构成的屋子，狭狭的二间，左手一间后面隔出一块地方，作他们卧房。右手一间是厨灶。我们到那里时，屋里没有人，包超叫唤着，才听到不远的小亚搭屋里，有个光着上身冲凉的女人，她瞠着眼睛看人，轻轻答应着。不久，她穿好纱笼出来。包超说："她是马来婆。"我看去，她没有一般马来女人黑的皮肤。身材苗条又苗壮。脸盘长圆，柔白。她有两眼如梦似的瞧人的马来女人风情。"她是串种，爸中国人，娘马来婆，福建话，比你说得好。"包超又增添说。

主人是一个矮小的瘦男子，青白长方形的脸，有一份秀气，显一分衰老。包超说，他叫阿坤。当阿坤走来时，包超问道："有什么小菜吗？"

阿坤摇摇头："困难得很，这年头，土地也不长东西了。只有些帝混（黄瓜）和苦瓜。"阿坤说话迂缓，像有喘气病。他引我们到他的菜园去。一片黑土，二畦韭菜，三五畦黄瓜和苦瓜。"苦瓜就是生虫，雨水多，我刚在包纸。不用纸包它，它不会大也要烂的。你们城里人吃苦瓜，可不知道我们要弄死人。要好多手脚哪。"阿坤一说话就显出他一份狡黠与智慧。

包超愿意买下他黄瓜和苦瓜，阿坤答应着，但似乎有点为难。"这暗探别拿货不出钱的，他来了一趟，倒不甘空手，还要弄东西去市上卖。"阿坤仿佛心中在这么说。我们又从另一路绕出去，到了一处猪厩。这猪厩，相当巨大。有七八丈长，四五丈阔，沿溪沟建筑着。猪厩一端有一个大灶坛，显然是烧煮猪食的。一排上有四五个围栏。下面铺着槟榔树剖成的地板，留有小缝，经过用溪水洗扫后，那猪水猪粪便会流到地板下污水池去的。但现在，猪仔并不多，总共不上十条。

"任生家，本来也是一家小头家呢。"

包超意思是说，这猪厩就是任生家的，你可以回想到他们的气度。

我们重回到那白木屋，恰巧主人任生背着把锄头，从林间回来了。

"坐呀！"任生有副方板形的略凹的脸子，一脸的阴沉，生冷，他淡淡地这么招呼一句。他缓缓地把锄头放下，和我们坐上长板凳，交起腿，抽起烟来了。包超对他商量似的说明来意。没说上几句，他立刻表示道："好的。你们进里看看，那里有两间空着。"他把我们引到前厅右厢房。"这本来是我弟弟住的。"他说。又引我们到左厢房，有一张床铺。"这是我阿叔现在住着。"他又说。接着又把我们引到后厅左厢房，打开门说道：

"这里堆着杂七杂八的东西，要空出，来也可以。"只有后厅右厢房，没提起，想来是他本来的卧室了。

包超告诉他，要来呢，就有三个人，分两间住。

"可以，可以！反正都空着。"他快速地作答。老Y问他要多少租价，他又说："这山芭里屋子，值什钱？大家是中国人，又是逃难的。住得好，随便送几个；就是不送也不要紧。我这些屋子总归是空着的。"

这看来总像生谁的气的凹脸的主人，却有一份不能用言语表现的热情。我在他身上，仿佛闻到在那不辞自身憔悴终古喂养我们的土地的那份温暖。

不上一个钟头，女人已做好午餐。一桌上都是粗花大碗。平常蔬菜外，有一大盘葱烧鸡子，看来是现杀现做的。我们大家都有点饿荒了。这葱的香味和细嫩的鸡肉，似乎是我一生没有尝到过的好味道。

快晚时候，我们动身回返亚里。去那里有一条陆路，我们由一个任生叫来的青年引着路，他为包超挑了一担蔬菜。我们走上四十分钟长路，在漆黑的时候，到达亚里。在月上中天的时候，我们的舢板才回到萨拉班让。

我们就这样决定了：在四月初就搬到那里去。是隐居避难，却不料我竟因之掘发了人类的矿藏。住居在那里的民族同胞，肩负着黑煤似的运命，却也燃发着黑煤似的生命的光焰。

二

搬去松芽生比居住，是一个风平浪静的繁星之夜。这一夜晚，情景是叫人难忘的。引导我们的，换了包超的太太。这女人是一个勤谨的女子，丈夫即使在衙门任职，自己还是靠洗衣补足生活费用。农家出生混有印尼人血统，如果让她一穿上纱笼，你将不会相信她竟说得那么好的中国话。她勤谨，敏捷，管理家务，极为精明，没有马来西亚女子一份脾气，懒散，爱唱和闲荡，自然缺少马来女子诗样的妩媚，但有中国主妇的泼辣与干练。她做了我们的引导人。

午夜十一时开船。舢板行在静寂的江面上。点点的繁星闪烁空中；苍茫的太空，与海面混成一片迷蒙。它以清凉的薄纱似的夜气，包围着我们。舢板呜呜鼓水而进。我和老Y坐在船头，包超嫂和小刘坐在中舱，没有篷，我们像浸在水里的爽人。

常常是保持着长时间沉默，一点也没有瞌睡的意思。有时老Y指着天上的星，说那是北斗星，这面是斗位，那边是斗柄。我可没有丝毫天文常识，凝然望着，想以一对小眼睛，去擒住所有天上的繁星。

偶然也谈起距离这里仅一日小汽船航程的星洲沦陷故事。自然都是些道路谣传。我曾为纪念一个革命者的死去，写下一首律诗，这时我便将它背诵给老Y听。Y说："末联'斯人不在天无色，椰雨蕉风泣海滨'，虽然情调不错，但终不如头联'杀身何取乎仁义，流血只应为寡贫'更来得真切。"

人生总是一幅花团锦簇的画面，矛盾交织的线条，穿住那作为一个单位的人。

我们是脱离斗争，犹恐遭日军可能的屠杀隐匿到山芭去的。但在海上扁舟漂荡之际，却追悼起远方的朋友来了。这真是我生命的讽刺。而在日后一段时间上，却又听到我所追悼的革命者，做了日军的特务。人类感情的滥用的事，常常如此。

船到任生家门前不远的河湾缺口，正是东方发白的时候。包超嫂真是个熟稔航路的人，一点也没有引错路。

"但我也只来一次过。"她这么说，"那是任生弟弟讨老婆时候我来这里吃酒的。"我们的女引导人就有那记性，她真不愧是一个土地的女儿。

船在两岸伸手可攀的马胶树仄弄中撑进去。两岸鸡声，清幽地长鸣着，给荒江增了一份活气。我感到这情景真有点像《桃花源记》中所说的："桃源在望，避秦有地。"诗人总永远是个弱者。

我们也问起包超嫂，他们是否和任生家有亲戚关系。

"不是的。"她仿佛为自己的精明而骄傲似地说，"包超是客属公会的会长。任生也是客家人，但是广西客。我们就是这一点关系。但任生老婆是个心直口快好女人，可惜您刘先生不会说客话。"

这女人非常阳气。船并河湾时，她独自就上岸去了。她叫来任生家工人，把我们行李搬上，又把她自己两袋白米，寄存在任生家里。

"谁知道日本人呢，我们也许会搬到这里来住的。"

她说着就把两袋米安放在指定给我们住的房子里。"这以前是任生弟弟住的新房，床铺还是簇新的，现在让你们来住了，很好的。我吃了饭，就要转回去，家里少不了人。包超这大男子，是没中用的。你们缺什么，可以托任生捎信来，我会给你们买的。"

热情而又泼辣，她这么对我们说了一大串。早饭后，她便匆匆赶原船回去了。

我们的住屋，就在前厅左右两厢。老Y和任生的叔父同住。前厅后壁上挂着大伯公像，香案接着条方桌。

"你们平常可以在这屋子坐坐，看书。吃饭在后面，灶头公用，只要排定时间来，这就行了。你们吃三餐，还是二餐？早餐喝杯咖啡，那就上午十点钟，下午四点你们煮饭。我们照例是八点，十二点，六点吃三餐的。要做工呀！"

任生和他妻子坐在前厅，跟我们这样地安排生活程序。这看来是个生活很刻板的人家。我们也觉得凡事开头说清楚，也许能够处得更好点。老Y就在我们商议之下，谈到房租，柴火和用水等费用，我们每月给他十五盾，算作这一切的酬谢。

"无所谓的。"任生说，"不论多少都可以。有一点，两撇清，那也是好的。日子长呢，将来做个朋友。现在兵荒马乱的，好歹在这里躲一躲就是了。"

第一个晚上，我们三个人围桌而坐；任生饭后也来座谈，他坐在靠壁长凳上。大家问些过去来历。老Y君告诉他：他自己是在新加坡开小店，做生意的。我是上海人，书店伙计。因为怕飞机轰炸，早已逃来萨拉班让。现在听说新加坡店面给炮火毁了，回去不得，索性来山芭住一时，看平静一点以后再说。……这一切自然是我们预先捏造的门面话。在这世界里，说谎却也是人类必要道德了。

他还问起我们的姓名。我们恐怕自己漏口，所以改名不改姓；但告诉他同音异字的姓。这以后，任生也跟着我们一样称呼，叫Y君叫老Y，叫我叫老黄。只有对小刘，始终叫刘先生。

这以后，饭后座谈成为日常的功课，我们也开始清楚任生家庭情形和身世。

这一家，这时一共有六口人吃饭，一个小的还抱在怀里。除任生和他妻子外，一位是任生的叔父。一家人全叫他阿叔，他连自己怕也记不起本来的名字了。有一天，我们问他名字，他就说："我是阿叔。"他是一个四十多岁的男子。但有六十以上的苍老和枯干，像老树上的枯藤。是那样黑瘦，而那样坚韧。在他的人生关系上，怕也像枯藤一样。他没有父母，兄弟和妻子，孤零零一个。脸子有如蟾蜍，瘦而黑，两眼已经烂得快黑了，也没有眼泪或脓汁滋润它，完全是枯干的，对面辨不清人影。据他自己说，在任生父亲时代，就只身来投靠了，算到现在也有十来年头。不算是任生工人，寄住着，吃一口饭，为任生菜园里做些轻工。他不论白天和黑夜，都很少出声讲话；这倒不一定对我们生疏是这样，便对任生一家，也无不同。有空时，他就把自己蜷缩在床上，抽着老烟。晚上睡着时，就只是打鼾。这鼾声倒颇为壮大。我们对房而睡，中隔前厅，常常可以听到他的鼾声如雷。它和老Y演说似的梦话，仿佛要竞赛个你高我低。我想，这怕是这两人生活的反映。一个是垂老的劳动农民的倦怠，一个是身体衰弱的诗人幻想的奔放，这就织成大鼾声与长梦话交奏的夜曲了。在以后日子里，我们曾好几次探问过他生活经历。他不但不知怎样回答，而且觉得我问得奇突。生活？这就是做工，吃饭，抽烟，睡觉，活在所谓现实的人世，却不比寺院中和尚更多些复杂。一生来没冒险的风趣，更没有女人的纠纷。除鸡蛋找不出毛，他的生活是一曲没音没字的歌。谁听出这歌声，谁又知道他生活的情节。他只说："在家乡，一向跟人家做工。后来，没工做了。听说任生爸在这里得法，就来投靠他了。"他简直不知道，人，除做工外，还有其他生活。一种煤炭一样的人生，除掉黑色以外，谁能寻出别的彩色。工作是生命的延续，而工作又枯藤似的绕住别人。树木有枝叶蔽着它，看来好繁荣，枯藤仿佛沾一份光，一旦树木倒掉，枯藤也委于粪土，找不到它的存在了——这就是阿叔。

　　另外一位是任生的工人。一样是寄住，吃一口饭做些工；工作是简单的打柴和挑水。人不高，却还紫大，一副脸子，就像我们古老画幅上看到过的龙头。大头，阔额，高颧，大鼻，阔嘴，紫铜色脸子。你一眼看到他，全以为他面上长瘤子；额角左右隆起，龙角一样的；两颧骨高张，鼻降隼，这五个高点耸起成五岳朝天样相。他平常很少和人接近，工作一完了，自有他漫游的天地。他也很少在屋子里耽住。但他并非感情内涵，不愿说话的人。他偶然谈起来，能哩哩噜噜说上一大串。但很少人能听懂话语的音节，如同江河流泻，没有间隔，也没有高低，显不出清楚的字音。老Y说："大概他自己也未必听得懂他自己说的。"在他是，或者跟随自己心意的波动，放些声音出来，就算是语言了。他怕直到这时，还不知道使用一般的共同语汇。他三十左右年纪。在他一家人里面，是被叫作阿龙的。

　　除这两位可敬的人物外，寄食在任生家的，还有一个小老人。这是第一次，我们看他抱小外孙的任生岳父，一个很洁净而又拘谨的老人。除抱外孙时唱唱歌外，就不曾听他说过什么话。他在这家庭里担任喂猪工作。

是这样的一个家庭的集合：每一个人是一架机器上的机件。而这架机器已经朽老了，不须大的生产，机器也不曾用力开动。他们工作着，比机器还静得多。每个人除喘气外，就很少出声的。而各人工作的分担，又都极为轻易，各做各的，并不侵犯，这使他们更无发声的必要。任生是一家之主，却不是机器的引擎，他对各个工作者，既不监督，也不催促。他自己忙着自己的一份：种白菜，制咸菜，酿私酒；用自备的舢板，载到萨拉班让去出卖。这一切，都在告诉我们：任生家是在喘息中衰败下去了。

初到几天，我们爱在屋子附近走动。山芭各处的遗迹，都留下过去曾经繁荣过的形貌。屋后方和右方，是一大块橡胶园。该有四五荷亩阔大。左方直斜到生芭，是一块两荷亩大的槟榔园。屋前也疏疏地种着槟榔树，直接到半里外的河湾尽头。但这一切，已经不是任生的财产。路口，大树上钉着块招牌，写明萨拉班让一位同侨的头家的名字。留下的，是一所我们共住的屋子，一丘新开的生芭，现在种着蔬菜的，和在屋子前左方老远的猪厩附近，另一条河湾的高坡上，保留着象征存在的一所厂屋。据任生说，这是他们的硕莪厂遗迹。它是完全破败了，大半角已经倾倒，一间未倒的小房间，现在留作了堆积着喂猪的咸鱼。破厂基前面过道上，有一架破残的绞硕莪的机器。也许是我们都有些颓废诗人的灵感，我们竟爱上这荒墩破屋，每天晚饭后，总要到这里来座谈一回了。

这土墩，自有它的诗情，前临潮水涨落的河湾，碇泊着任生的舢板和舴艋，而血红的溪流又从这里曾经有过水闸的高处奔泻而下。我们坐在那里，既可听溪水铿锵的流声，还可远望一片晚霞，照映苍黄的荒原。霞光是那样锦绣夺目，变幻无穷。荒原是那样迎风颤栗，凄切哀歌。如果这一晚，我们大家喝了点酒，那么，东北流亡曲的歌声，又在败草丛中，槟榔树顶飞扬了。这真是无聊的感伤，多余的生命出现在像蚯蚓似的生活着的任生的土地上呵！而在任生听来，是否会说，我们是在为他那衰败的家庭，而唱出了招魂之曲呢？

这自然是像我这样人的一种想象；在任生是充满着事务主义性，不抱非分的幻想，更与祖国，政治无关。他习常做些琐碎工作，偶然抽些大烟来兴奋自己的疲劳罢了。家庭从父子两臂中竖起，但也在父子两臂中倒下。这是一种自然的规律，不能反抗的运命，而此后的日子，逐日挣扎，就是他人生的义务了。

关于任生父子在这块土地上创建家业的经过，在我四个月居住日子里，渐渐明白了一个大概。我就先来作一次速写吧。

据说，任生父亲是一个体格强壮，魁梧，精力饱满的农人。人们常常赞美他：一条臂膀，可以擎住半个天空。两条腿子用力踏过，地面就会开坼，情愿贡献它一切富藏。也因为他有这份精力，增强了他一种顽强的自信。他自信在这天地间，他可以独往独来，任自己的欢喜做去。显然的，运命并不能如他的愿。他在祖国广西，没有较多的土地可让他有英雄用武之地。他常把自己比做一只蚂蟥，如果他一旦得有像人腿肚样肥的土地，他是敢于一口吸住不放，非把土地中所有的血吸得奔注不尽不可的。人们总说，华侨流出南洋，无非为的找吃的；这话不错。但有人灵魂深处，却要一块土地。这不是中国人口太多，土地太小，而是土地不属于像任生父亲那样的人所有。他曾在自己故乡，凭自己力量，活过三十七八年。但生活毫无起色，两个孩子却大了。有了长大的孩子，就多余了一份过剩力量。他原有土地，本够耗费自己力量一半。另一半力量，他有些年耗费在租来的土地上，有些年又耗费在别人招雇的工作上。他有多方面工作能力，不仅一切农事，都一手来得；他还能做粗糙的木工，构造房子和一切家庭日用品。但"积四十年之经验"，这中国土壤不适合他生命之树的萌发滋长。而两份劳动人手的多余，又成为他苦重的负担。他常听到乡人传播说，在南洋，有广大的生活出路。他一夜间，发了一个雄心，他是个永远雄心不灭的老人。他筹募了一些盘费，去到新加坡。他起初寄宿在一个同乡家里，做闲工。吃住凭着主人，做工不算钱。这是华侨社会中一种特殊制度。借用印尼语专门名词，叫作"拢帮"（Lompang）。凡是中国到来的新客，总会有同乡收容你，给你住和吃，但得为他做不固定的帮工，直等到你有了工作为止。这自然是乡情恩赐，但吸去了你无偿的劳动。任生父亲寄宿这同乡一处小树胶园里。此人在新加坡也有一家商店。他在树胶园做帮工时候，约略明白马来亚华侨购买土地情况。但地价高，缺少资本的人，总到对海峡荷属辽岛境内去。在那里，土地不能自由购买，但可从当地村长那里租到。人少土地多，租价并不过高，没有争夺土地的危险。在那里，正有不少华侨开板廊，租下古树丛生的地头，砍倒来，剖板，或削成木头，运出海去。还有开硕莪厂的。硕莪野生在海边，砍下搓成屑，用水淘洗，沉淀，便成为好粉料，这就是"西谷"米的制粉。这些工程，都不须大本钱。他知道这一切，觉得自己有用武之地了。他和同乡商定，借笔小本钱。那同乡原在萨拉班让也有一家土产店；专收当地土产，运来新加坡来发卖的。他在任生父亲算盘上，加上自己的算子，同意帮助他。"你要本钱呢，就在那土产店支着吧。"这同乡说。任生父亲去到那里探险了，这就选定松芽生比这块土地。他捎信回老家，要任生全家到南洋："乡下土地房屋卖了吧，有份本钱，好在这里押一注赌！我不稀罕老家，唐山不是人住的，这里容易弄到土地哩。"他在信里写下这意思。但生活的运命，在祖国和这里，有个共同点，他可不曾看得清。在祖国，他是自耕农又是雇农，一身而两任。在这里，就算土地租下来，在一定的十五年内算是你自己的。但这笔租金里，却有另外的一份：同乡的借贷。他如同在"两合"公司下，自己来下手耕种。他没有想到年运不济时，这一份无形的借金，却能侵吞他有形的土地。这是一九二五年的事。任生十七岁，弟弟十五岁，还有一个老娘，一同到这块新国土了。任生父亲也看出这里种地的，不为打算自己吃，只打算出息，好在市场上挣钱来。在这里，官家也不要人种稻粮；种树胶槟榔或者什么出口货，才合官家意思。事实上，官家有他好本领，米从暹逻，缅甸来，价格低廉，犯不着这里少数人力去耕种。官家国度虽不同，利益却可同打在一面算盘上：压低暹逻，缅甸，越南种稻农民的生活，生活得比奴隶还不如，就有大米粮出口；这里人，有贱米可吃，自然敢于把劳力牺牲在出口货种植上。官家这样做，既可分润暹逻，越南，缅甸农民一份血汗，米进口，又可抽税；

有人种输出品，国际市场可套取外汇，这不但两得其利，而且是三面并进了。任生父亲自然也依照这样生活方式活下来。他种些蔬菜，供自己食用；搭茅屋，供自己住；烧新芭，垦荒土，却不种粮食，种树胶和槟榔。他日常生活费用的流转，靠树胶和槟榔是不济事的。他就另分人手，制造硕莪，养猪；开始用手工制造硕莪，现做现卖，自己也偶然吃一点；又有硕莪渣，好喂猪。历年赔贴些小本，把生活挨过，一个希望的王国全寄在树胶和槟榔上。他以为这些东西收成了，子孙衣食，便有着落。但这一份历年赔贴的小本，还须向同乡商号支借。这自然积欠下，盘到资本上去了。等到树胶槟榔好收成，任生家外表兴盛了，任生父亲又把硕莪厂扩大，改做机器的；人手感到不够，任生父亲写信去老家，投靠他的除阿叔外，还有多人。都是净光身汉子，这正好。大家混着吃和做，算做一家人。他还雇上个阿根帮硕莪厂做工。几年前，他又造了这一所新屋子，但也不费大本钱。从新加坡，邀来同乡做木匠的，画样，设计。任生父亲和任生都帮着剖板，削柱，打桩，平地基，构造起来了。这木匠就是任生岳父，那个小老人。真是时来运转，在这一次构造新屋中，任生父亲和木匠两个老人谈上了，就结成了儿女亲家。

任生父亲觉得自己有两份用不尽的财富，这便是自己一家人力气和有生之日的时间。他在树胶槟榔种上后，时间匀出来了，就来磨硕莪。他到树胶槟榔好收成了，就请故乡闲置的劳力，来补缺，磨硕莪，自己收割树胶和槟榔。收割树胶槟榔后，有剩余时间，他叫同乡木匠来构造房子。这两份财富，交互使用，说他是完全为子孙立业，也不是；他还有一份工作中享乐的意义。将劳力和时间，适当地结合起来，人有活动天地了，这就是他享乐。在他是，没工做，便不算是人。他常说："做人闲不得。一闲就会病，还不如死掉好。"

但有两种运命压着他，他并不知道。资本的移行，就像一个中年人，头发从花白变为灰白一般。开头几年上，借小本，补生活的小缺口，但由少积多，再合上当初租钱一份借金，分量就重了。等到树胶好收割，市价并不见得好，只好把他劳力的成果贱卖了。幸而，在老远的国度里，出了一个大魔王，要屠杀世界人类，战争展开了。胶价上涨，这才救了他。在一九三四年前后，这虽是世界经济长期萧条时期，但他的出产品，却有相当出路；而且马上感到手头有点活动了。他几年内讨进二房媳妇，也解除了大部分债务的束缚。三种生产品，再加上猪的出息；在一个不打算在金钱上享乐自己的他，确实觉得自己一身轻，工作也更起劲了。可是一九三九年，希特勒给他一下闷棍。希特勒闷棍打在波兰人民身上，却痛在他脊梁上。首先是槟榔没销路。据任生说，槟榔畅销德国的，当染色材料最好，"此路不通"！其次硕莪也滞销。树胶还有美国人大量收买，但新加坡西人树胶公会控制了价钱。像他那么一点点生产品，大都经过土产商好几手，抛给他的价钱，已经不多了。这一来，可叫他受不住。而且，两个儿子结婚时，又背上一些新债务，从城市头家借钱来，早把自己未来出产品作抵押，却偏逢抵押品不值钱。这一来，情形就像瀑布下泻，再也阻不住；槟榔不采摘，任它自己下地；硕莪停了磨，厂屋也倒了。树胶园连地面抵押去一大半，只有屋后一小块，还留给自己，系住个希望。而更不幸的是，一九四一年四月间，小儿子——任生的弟弟，又自己把自己砍死了！这老人家开始叹息：流年不利，运命不好，地理风水完结了。但他依然相信：自己力量还能打得出一个新天地。他要重新再开头，像二十岁青年没尝过艰苦。他在那年下半年，到萨拉班让的正后面，另一边海岸相近处，叫作黄泥岗的那地方，开辟新芭了。他和任生分了家，他带了自己老女人和寡媳妇，外加两个拢帮同乡工人。而任生便做了这山芭的主人。任生在这些年来，好像看到一种力量，威胁着他们生活：不论你怎样少吃俭用，勤工健作，还是打退不了这力量的压迫。你说它就是运命，他也承认是的，但如果你不做什么大工作，有时还抽抽鸦片，散散心，提提神，那份压迫他的力量，也不见得更厉害。这叫他发现一个生活的规律：爱做不做，做一点，半死不活拖下去，这对自己倒有喘气的机会。几年前，他就跟包超有联络，做私酒出卖，混得一口饭吃。而这工作又多轻便简易。这便使他什么也不管，连养猪也只装个样子。父亲分出去，另打新天地，对他倒是更自由也更自在了。

这一切过程，就是展在我们眼前任生家那份荒凉的原因，任生家兴败的简史。

"人是不必活得太认真的。"有一次，任生对我这么说，"像阿高，那家伙，一个钱要争得眼红。别说他用石棺材也装不去，就是说在他自己这一生，不会有挨苦叫穷的日子，我可不相信。钱，这东西，你说它没有脚，它可最爱串门子。自然咯，市镇上，大城市里，门面总比咱们住山芭的好得多。钱，这怪东西，是爱热闹的，总要串门子串到洋楼大厦去。我爹想不清，以为土地里会掘黄金，没有的事。我觉得，钱既然有脚会跑路，我就想出一个方法来：半路里，一碰上它，就捉住它，放进袋里。但它会遁走的，不好多留住，赶快派用场，让它走路，去串门子吧。我也使用过它了。有人说，我家是我抽大烟抽败的，我不相信。我不抽大烟，我家不见得就会再兴盛。我是有钱就抽，没钱就不抽。地产押出去，是因为它不得不押出去。这能怪我什么呢？"

这是他的人生观，是从他生活经验中得来，而这又转变为他生活方式的一种注解；剖开这话的核心，有一份比椰水还冷的冰冷味。

三

我们也得安排自己的生活。坐食，用空闲时间，消磨自己的精神，这总不是一回事。

在未来松芽生比前，老Y跟我们建议：自己来开个菜园。听说有一块当地人要出租的黄梨园，半荷亩大；地方坐落在萨拉班让对面文岛上，老Y原住同乡家的后山芭。我们计算：黄梨二次收获后，也许可以回到新加坡去了。那时候，还可转租给别人。这倒也是一桩不亏本的生意。我们曾经到那里去看过。半荷亩土地自然很够我们用力了。园地四面是生芭，荒凉而阴森，黄梨也在自生自灭中，不上百株。屋子还像样，高朗而玲珑。但当我们一脚踏上它的地板，小刘整条左腿便插下板去了，腿子就擦得跟松树皮一样，满腿血痕斑斑。这是一个破屋废园，荒凉凄寂的地方，再碰到了这样倒霉的事。我们放弃了开芭计划。

但我们并没有放弃力耕而食的风雅想头。在找到任生家后，我们就想在那里拣一块土地，种植少许蔬菜。老Y早已在去直落岛访友的时候，买来两把德国斧头。这斧头成为老Y的珍品，用纸头包扎得非常好，夹在皮箱衣服里。

"土地是有的。只是您先生，怎么做得了工？"当我们和任生谈起时，他仍旧冷冷地说。

我们似乎不输眼任生这种鄙夷的态度。首先从任生杂具间，拿来两把大锄头，来削屋前一块地上的杂草。仅约削上十锄，我们便喘气流汗了，继续不下去，连锄头也拿不动了。于是各自埋怨锄头太重，打铁匠没有算到像我们这种人所能用的锄头，真是该死的家伙。更不幸的事，却是老Y两手，一下子已经起了两个血泡了。

"我说嘛，你们怎么能做工？"任生微微牵动嘴唇，作个笑容说。

学书不成转学剑，拿锄不行转拿斧。这是我们这种人的风雅脾气。一天，老Y特地请来任生，打开箱子拿出斧头，让任生赏识；阿叔也在一旁。每人拿了一把，对着窗子透进的光亮细看着。斧头看来像是纯钢的，不大，打铸得极为灵便。斧口较阔而不厚，像黑煤似的发光。两个庄稼人都露出赞叹的神色。

"这需要找硬木做条好柄的。"任生说。

"这斧头，砍树好，劈柴不够重。"阿叔霎着烂眼说。

"是不是好斧头？"老Y问。

"好斧头！好斧头！现在很难买到了。德国货，打仗，很少了。你哪里买来的？多少价钱？"

老Y告诉任生，是从直落岛一家吉兰店买来的，就只剩这二

把；七盾一把。老Y一口气说，十分得意。

"要是转卖给我，我也要哩。"任生自语似地说着。

老Y一听这话，立刻从两人手中拿回斧头。依然各别用纸包好，合扎在一起，像母亲放孩子到摇篮里去似的，放回箱子去。关上箱子后，老Y不说一句话，静静地看住窗外的树梢和天空。看来在那斧头上有他的世界和天国。他非常之满足了。

我有我自己一份野心，要利用这空闲时间，静僻的山地，写下我十年来想写的一部小说。种田的事，我说实话，不很感到兴趣。我常常在小溪旁边，在树胶林中，飞散我的想象：远接到我小时生活过的故乡，追索着我故乡父老兄弟们的面影。我想在他们身上发掘出灵魂的源泉。但自己知道：我是一个写作上的庸才，是一个契诃夫对高尔基所提及的《没结果的劳动》的作者——一个勤于写作但永远没有成就的患肺病的教师。我撕去了不少稿纸，依然写不成什么，但时间却消磨过去了。——唉！这真是生命的消费！

小刘想利用时间，教任生家附近的几个女孩们，识几个字。这就是阿吉的妹妹。阿吉，一个瘦长的二十多岁青年。家在独木桥口那边，我们第一次来找任生家，曾打从他家经过的。他有两个母亲，两个兄弟，两个妹妹，连自己，一家七口人。大母亲是一个清洁而又清瘦，有四十多岁年纪的老妇人。长瘦和善的脸子，表现出她是一个精于治家而气度大量的女人。阿吉和阿福，跟两个妹妹，就是她生养的。小母亲是一个大肩膀，大胸部的胖女人。这一类型的女人，在我们乡间，有的是。她能跟男子一同操作，挑肥，砍柴，下田，什么都来得，不比男子弱，她有一副英雄气概，比男子更有生命力。她三十左右年纪，性格是豁达而开放的。我们乡下形容这一类女人，叫做"响竹片"，这真是个好名字。阿吉最小的一个弟弟，大概不上十岁，就是她生养的。我就叫他小胖子。这胖女人和小胖子老爱到任生家来座谈。

但这样一个家庭，却没有父亲照顾。我们曾上他们家去过。左右不过四五丈转方的屋子要挤住这么多人。也不曾种什么土地，仅喂养两头小猪。问起他们的父亲，说是回国去了四五年，没有再回来，且从小抽屉翻出陈旧的祖国寄来的信，叫我们看。这里面，像有一段人类的悲剧。我全以为那是一堆为狠心的男人所遗弃的妻和子女，我还忧虑他们生活：是怎么过的呀？阿吉据说有时去打山猪。那一定要在月亮夜，人挨着蚊子的叮咬，伏在荆棘丛里。看山猪走过了，像打卦先生似地踱步。这时候就用标枪投射它。射中了，人追踪着它，看它倒在哪里，才能用"拜仑"刀砍得它真死掉了，再背回来家。阿吉出去打山猪，总是单身只手，如果让受伤的野猪瞧见了，它将会咬死他。这瘦长的青年阿吉，有时爬到树胶树上去，从高处投射山猪。获得了一头山猪，到市上去卖，自然能得到一份生活费用。但月亮夜不常有，而投射也未必就中。第一个月，我们只看到他打到过一只山猪，他实在不是一个好标枪手。这一家七口人，简直可说都是坐食的。我们到任生家后，小刘首先和阿吉两个妹妹混熟了，大的叫阿莲，小的叫阿馨。他闲着没事做，就向她们提议，教她们识几个字。

阿莲这女孩，身材苗条，浑身坚实，臂膀和胸膛已显出成熟征候，淡黄长圆脸，略显虚肿。她十七岁，正是一切女孩神情恍惚，做事没耐心，爱串门子，像寻找什么失落的东西的年龄。在中国，不论妇人和女孩，有一个习惯，对于一个上了年龄的男子，家里有没有太太，这件事，特别感兴趣。她常常会抓住机会，直接问你，或者背着人，从旁打听。老Y因此也成了任生嫂和阿莲家打听的目标。我们搬到任生家，阿莲来串门子，据说更勤了。她突然从后厅串到前厅，站一回，两眼到处溜，不安，惶急，失魂亡魄，像找寻什么，又不像找什么。突然叫着声"大姐"（她叫任生嫂作"大姐"），串出前门，又突然喊出"阿方"，串出后门；正当你看着她遮不住屁股的短衫影子，蛱蝶似的飞逝了，而你偶一抬头之间，却又看到她憨笑着，在你面前了。

曾经有一次，任生嫂跟老Y谈起。这女子的价格不太高，她母亲已经订定二百叻币，一切可放手了。

"不知谁家会讨得起她。"任生嫂显然受人之托，竟在试探老Y。"年龄大小倒不在乎的。我只二十七岁，阿方的爸，已经四十多岁了。女子是容易老的。"任生嫂又说。

老Y苦笑着，不说什么。需要是不用说的，负累却颇费考虑。我们也跟老Y打趣："你瞧，她又来了，可不为你的。"但觉得老Y是诗人，灵魂的境界是深密的。一个缺少知识的女孩，怕不容易理解他。固然也有一些有特殊嗜好的诗人，即使家有好酒，却总爱在下雨天气，踏到下等酒寮，对着脸搽得像猴子屁股的女堂倌，细斟缓酌，感到别有诗情与风味。而老Y不是那样诗人。

小刘写下了课本："我们是中国人，我们的祖先从中国来……"就这样教导着阿莲和阿馨。阿馨是个十三岁的孩子，性格沉静，黑瘦，长脸，但个性固执，更像她母亲风格。她和阿莲恰巧相反。在小刘教导下，她始终不出声诵读，静静地看着写本上的字。而阿莲则随声附和着你念，眼睛就是四方八面看，全不理会那一个字怎样写，音怎样发；她仿佛把一个句子，当作一句歌来唱。第二天上课时，阿莲能随口唱出一大段，可不认得一个字；阿馨是一个字也不认得，一个音也念不出。

授课开始第一天，邻近妇女们都集拢来看奇景了。任生嫂一个又一个指点着，随口告诉小刘。"这是阿坤老婆，那是阿根老婆，这是阿鲁嫂。"还有小胖子母亲胖女人也赶来看奇景。

阿坤老婆有丰腴的脸庞，是眼睛看着你，心里梦着你的这一种女人。我第一次已经见过了。

阿根老婆则是一个矮小的马来女人，鸡婆脸，黑得如同焦炭。但有一双更黑的眼睛。人不能在她身上看出美感，却能在她的眼睛领受生命的威力。

在后来日子里，我也知道了阿根这个人，成天躺在鸡笼式屋里，什么工不做，三十多岁了，懒猫子心情。身高不出五尺，一张没有忧愁和喜乐的萝卜脸。他告诉过我：一九二七年，他当过兵，唱过"打倒军阀除列强"，没有被打死。太苦了，便逃走。逃来到南洋，住下来，混着，活下去了，到现在。他说，他是湖南人，但一口湖南话比福建话更难听。我断定他出生湘乡，好一个能不为"曾国藩"利用的湖南子弟。但他能讲很清楚的客话。任生嫂说，这里的人再没有比阿根懒惰的了。两夫妇什么工也不做，除屋子打扫得还干净外，灶头也是成天不生烟的。你什么时候上他家去，总可看到席子上两夫妇直挺着身子摆尸，连门也懒关的。于是大家断定：那是他马来婆讨坏了。平时我坐在屋子，看到有人摆着脚，拐着腿，走来了，就可断定是阿根。阿根正和阿叔一样，从他口中探不出他生活经历。每次问起时，他总说："我当过丘八，啊！这生活，吃不消。"这就是他的一切。

我知道，中国农民已没有诉述自己运命的勇气，悲惨与不幸煎熬出一副沉静的性格。这些都是中国的沉渣。欲飘出中国土地，流到这荒凉的岛上黏住。任生说，阿根是啃吃自己生命过日的家伙。我却看到他只有一条风化过的生命！实在惨！

但阿根老婆，这个小马来女人，是个颇为狡黠的角色。她爱一面看我们，一面和阿坤的老婆说马来话，大概在对我们评头论脚。她依然保持她马来人习惯，即使靠壁有长凳可坐，却还坐在地上。她不时说着，又不时笑着。笑开口时，血红的嘴唇下，露出一排白牙齿白得森森发光，颇有叫人愿意让它咬断喉管般可爱。因之，我虽不相信这样丑陋的小女人有蛊术什么，相信不了，且她一切表情具有一种魔力。平静的水波，会掀起巨浪；榛莽的山林，会吼出猛狮；丑陋的女人，你能抹杀她迷人的魔力？爱情是生理的浪花，本能的巨波，不脱原始社会风习的女人，最容易将生命为爱情而粉碎。是这样，马来女子被实利主义的中国人，看作巫婆，有蛊术，而阿根却享乐在这女人爱情浓酒中，醉倒了，比谁都懒了。

在以后的日子里，这马来小女人常和阿坤老婆相约走来，而看着我们看书，什么也不说。看呀看得久了，突然飞过来，拿去我的烟盒子，卷起烟来抽了。任生老婆警告我们："不要给她们烟和什么的，马来女人是你一次给她，便会来要一百次。你们也不要把烟盒放在外面桌上，人在呢，你不给她，她就会两眼光张烟盒不走开。人不在呢，她就会偷你一大把。"任生老婆还说："阿坤老婆还老实，阿根老婆你是理她不得的，一理她，她就把你的一切，当作是她自己的了。"

人总有一份自己的爱好。马来女人爱刺激品：把西里叶裹着老烟，和上石炭嚼，这是有些马来女人不可缺的好东西。落后的部落里，几十年前，还是用烟叶作货币用的。我知道这，我似乎不能拒绝阿根女人这微末的要求。但任生嫂这劝告，我们也只好接受，我们不再用烟招待客人了。这女人来的时候，真的光着眼睛张看我烟盒，站在门框旁，足足一个钟头也不走，但也终于又突然飞过来，笑一声，撮取一把烟，走掉了。我们也笑一声，表示出不屑的神色。但她自尊性似乎受伤了。第二天不再来，第三天，阿根跷着脚，拿来一把干瘪了的根豆，说要兑换我盒子中的老烟！

我感到一阵冷，自疚了。

人类的关系就建筑在相互交换上，越出这关系，那就是非偷即盗了。为了防止偷和盗，或以利害的冷斧，砍断别人感情的翅膀，或以法律的锁链，勒死别人意欲的歌声。残忍，就是人类全面的现实，我不能怪任生老婆的警告，人就活在这样的社会里，这社会的常则，我也守住，我把烟盒藏到自己卧室去。

在有一天下午，我买不到蔬菜，我到阿根家去了。明知阿根的田头，不会长什么蔬菜，但还去撞一下看吧。一间颇为整洁的马来式小屋，虎子一般伏着。屋里没有一个人，前后门都敞开着。我打从后面叫到前门，听不出有一个人回答，我离开了屋子。这时候，一个矮小的女人影子，从杂草丛生的小路钻出来了。她用福建话殷勤招待我。我感到不安和局促，因为我从一个主人不在的那屋子出来，是否她会怀疑我做贼。但她一脸高兴，表示难得也有我这样人来看看他们。这一对夫妇平日被人冷落与歧视，在她这种高兴表情上完全反映出来了。她知道我要买些蔬菜，要我进屋子坐一下，立刻到田上去搜寻。且一定要我进她屋子坐一下。她也摘来几根干老的菜豆，觉得不好交代，还从厨下搜出一把青嫩的。她说："这是从邻家讨来的，一并给你吧，我们没有不要紧。"我要给她钱，她坚决拒绝。而且她还预备烧茶，要款待我这很难得上她家来的客人。但我马上回来了。借口说家里正等菜下锅，拒绝她的好意了。

在路上，我浮起的第一个想头是：这女人那股殷勤劲儿，说不定是将来有求于我们的。我悔疚没有把钱交下。但我又立刻自责：人活在这买卖社会里，便不易看到超出买卖以外的纯正感情了。我曾伤害她的自尊性，而又蔑视她这种纯正的感情。社会的人不比自然的人，有更高的道德。所以我们华侨而论，一向用这种买卖哲学，去骗取马来人纯洁的道义的信任。一个小乡村吉兰店主人，愿意赊欠马来人所要的，去换取他们的土产；但一个马来农民，对于一个中国店主人，往往是算不清的账目，偿不完的债务，土地是马来人种的，土产却是店主人有的了。而马来人这份纯洁的道义的友情和信任，却又在我们买卖哲学家的眼里，看作为不可救药的偷盗与懒惰了。因为阿根老婆是马来女人，她就这么被这里中国人所鄙视和唾弃。但我们该有一份正直的良心吧：贫穷就不是犯罪的起因，贫穷也不是懒惰的结果。相反，贫穷的人，却有一颗易感受暖和的心，而懒惰却因为贫穷无法获得生活资料，燃烧他生命的力。阿根——个吃不消苦头的逃兵，却以这一个小黑女人——马来女人的爱情，为他生命的逋逃薮：成天双双睡在一起，不爱做什么工；那绝不是偶然的。两个民族的儿女，共有一个运命：被祖国抛弃和甚至于等于没有祖国的悲凉。一对同命鸟，除各以生命暖和各人的未死的身体，还有什么事可干呢？

也在小刘授课第一天，有为任生嫂叫作阿鲁嫂的，那是一个抱着孩子的大肚皮的女人。这女人有一副葫芦形脸子，黄苍的颜色，宽大的衣服，直盖到膝盖，保持着完全中国乡下女人的作风。我一看就知道她是从中国来的了。这不仅在衣服上有特征，便是身材行动上也有不同，而且可以从两个肩膀上作明白的分辨。侨生女子多少沾染些当地民族的习尚和风情，性格是流动的，举止是泼辣的，但不能耐劳和吃苦。任生嫂是一个榜样。这女人则古板而委妥，身上缺少一份活气，但看来坚忍耐用。如果跟印尼的女子比较（不仅是马来女人），那么劳工妇女也好，城市妇女也好，总肩膀挺挺的，胸膛前突的。而中国来的妇人，仿佛生下来就被为人母亲的担子压扁了，两个肩膀下卸。一个是包有一副自由的灵魂的形相，一个是显着屈辱的奴隶的悲情。阿鲁老婆，就是这一类中国女人。

任生嫂说："难为她，她已经养过十一个孩子了。"

我们到她家里去访问。她家在任生硕裁厂过去，一座椰园中间。丈夫阿鲁，是个料峭的微微拱背的男子。屋子高高搭着，地板下，围砌做鸡和鸭的"公馆"，屋里就充满地板下透上来的鸡粪鸭屎的气味。他们也养了三头猪，照外表看来，是一户足够勤苦过日的农家。夫妇俩都很和善，不少缺乏一副中国人接待客人的礼貌。好久以后，他家是我们蔬菜的唯一供应者。他较之阿坤更缺少商人气质。如果我们向阿坤买蔬菜，他会说：

"嗳，这些苦瓜，我卖给你们七角一斤，那是和萨拉班让市价一样的。如果你们要去那里买回菜来呢，要加上船钱，来回的时间，便十倍价钱也买不到呀。"

如果我们说："你运出去也费时间呢。"

"这反正一样，有了你们买一些，我还是要运到那里去呀！时间，在我们算得什么。"

任生告诉我们，向阿坤买菜是不行的。他不但要把劳力算在蔬菜价钱上，"他还得算上一分大烟本钱在里面呢。"任生说，"抽大烟的人，总是没来头的。"

照例，任生和阿坤是抽大烟的同志，应该包庇一点了。但一个农民的正直，不愿袒护别人的过错，也不掩蔽自己的过错，批评别人时也一样在暗暗批判自己。这是从人类最高的，也是最单纯的道德规范上出发的。这该是我们一切知识分子，所应自愧的吧。

任生又告诉我们，阿鲁家里也许有多余的蔬菜，我们就这样和阿鲁家往来了。他从不和我们计算价钱，这使我们不得不付出比给阿坤更多的钱。

但阿鲁家并没有十一个孩子，在他们身边打转的，有一个七岁大的和一个还抱在手里的。

在有一次，我们访问他家时，我对阿鲁说：

"你来这里十多年了，想不想你的家乡呢。"

"我们海丰吗？唉，不瞒先生说，家乡吃不到饭，才摸到这里来的，家乡有什么可想呢。"阿鲁带份苦笑说。

"那么，你爱听祖国的消息吗？"

"你说的是唐山吗？"这略为弯背的将近五十的老人，迟疑地问道。接着，他又沉静地吐出一句，"唐山，我这种人，没有地方去。"

"等到唐山强盛了呢。"我也改用"唐山"来代替"中国"这么问。

"唐山强盛了，对我阿鲁有什么好处呢？"他缓缓地说。

是这样一颗完全冰冷的心，但偏不缺少对我们一份和善与亲爱。我们来时，请坐，请烟，请茶；我们去时，送行，赶狗，关照泥路要走得小心，且有时送菜来，自有他一份中国人的人情味。

大概是他妻子分娩后一个月，任生家门外河湾边驶来了一只舢板，上来一个老妇人和一个中年妇人。他们说的福建口音，到任生家来打听阿鲁家的所在地。

任生嫂招待她们坐下吃茶。问她们找阿鲁做什么的。

"看看孩子！"接着，任生嫂自告奋勇，陪着这陌生的来客去了。

回来后，任生嫂说："啊哟，阿鲁家又交运了。只是价钱还讲不下，一个只肯出一百，一个要一百六十。"

我们问她："是一种什么买卖？"任生嫂仿佛笑我们无知，

说道：

"还有什么事呀，买那个孩子呐！"

这才叫我们恍然，那两个妇人穿得这么齐齐整整，却来购买阿鲁新生的孩子。人真是没有一个社会习尚上，不可以求出生活的道路。海外福建人，大都爱把别人孩子，抱来养大，算作自己的。在农业社会，我看到过螟蛉子受族人欺凌的情形。我年轻时候，在乡下看我家隔壁一位远房叔父，四十多岁了，还没有孩子。他感到焦急，叫老婆扮假肚皮，到时候，从近村抱来一个连胞衣的男孩。满想瞒过村人算作自己养的。但当做族谱年头，闲话飞来了，问题发生了。一族里主持"公道"的人们都不许这螟蛉子入谱。但因为那远房叔父，后来自己竟又亲生了一个男孩，同房子侄没有多说话，而老人家又为螟蛉子办了一桌酒，总算在房长合法承认下，这螟蛉子得在族谱上写上他名字，加一根蓝线，略示区别。这件事说穿来，不过是农业社会土地法权的争执，如果那位远房伯父没有亲生子，侄子辈为了继承田产，断然反对这办法。但福建人在南洋，大都经商。小商人的气质，最不易轻信别人。自己抚养长大的领子，自然是较为可靠的帮手。习尚开始于某一社会契机，而之后，便成为一股风气。连不是商人的家庭，也以收买孩子为感情上的满足了。阿鲁这十余年来，就全凭这一习尚生活下来的。

任生说："他老婆身体好，几乎每年要养一个，像一匹母牛。来了南洋十多年，已经养了十一个孩子了。奇怪得很，每年包养男孩子。现在，他自己只留下两个，如果这毛孩又卖出去，那是一共卖了十个亲生孩子了。包超家那个小男孩，你说他瘦得可怜的，正是从他家买去的。这在我们种田的，实在算是一种最好，最稳当的出产品。每年一个，拉平均，一百三十元算，这对穷人家，也很可以了。一年的欠缺，就得填补过去。"

依照任生的说法，阿鲁老婆就是一个人类的制造厂。我没有读完马克思的《资本论》。工业社会人类的劳动力已经成为商品，但华侨商业社会中，却还有以新生的孩子作为商品而出卖的，这在《资本论》中是否写到或者也是亚细亚的生产方式之一呢？唉！但在我以后在苏门答腊的流浪时期中，还曾看到过这种"领子的商品"，到了一定年龄后，就被养父所驱逐或抛弃而流浪在街头了，人类的商品又变作了人类的渣滓。当我初听到阿鲁这一种生活方式的秘密时候，我的心竟像受谁的铁锥的敲击，几乎碎裂。我禁不住叫道："我的祖国呵！你是否看到你飘流海外的子孙，是如何挣扎着过着这非人的生活呢！"

这也无怪阿鲁当我提起祖国时，他要说："唐山强盛了，我阿鲁又有什么好处呢。"

阿鲁的话是对的，他生活过来的祖国，原和他没有丝毫关系的。在他对于祖国完全冰冷的心中，正潜伏着年年出卖亲生孩子的麻木的伤痛呵！

不多几天以后，阿鲁的买卖终于成交了。一百四十元，成交了——交了货，孩子便从麻木了的母亲手上抱去了。

在我住在那山芭的日子里，我常常为阿鲁祝福：世界大战一时是不会结束的，阿鲁的日子，也将越来越困难，"我祝福你们夫妇俩，在这苦难的年头里，年年养下一个孩子来吧，救活你们自己呵"！

四

但生活的三棱镜，在万人同享的太阳光下，能照出不同的颜色。

在任生家走动的，还有一个快乐的矮胖老人。这老人，也就被人叫作"胖矮伯"。人说人，就是他病倒死掉，怕也不会皱一些皮的。他既胖而矮，走起路来，就像一只水门汀桶在滚动。如果你在山路上，突然看到一只桶子滚过来了，你别怀疑这会是一头狗熊，只要叫声"胖矮伯"，这桶子就会像一颗炸弹爆炸，"哈啦"叫出声来的。

胖矮伯不但身体滚圆，而且性格也是滚圆的。他"我地"，"你地"说着广府话，算是广东人，来南洋已有十来年了，在祖国，在南洋，他一样是光身汉，什么牵累也没有。他住处，离任生家有五里远。在那里，有一座大树胶园，比任生家的要大过三四倍，还种植不少榴莲。我曾经跟老Y去过那里。园丘早已完全荒芜，几乎看不出人工迹象；连行人也很少，一路上，茅草长过人顶。但在那里有一所极为讲究的板屋。这板屋，马来式，地板搭到四五尺高。前廊屋有一张簟面阔。五间一排，每间分前后两房。中厅直洞洞像一座公堂。据老Y说，这是萨拉班让一位头家产业。那头家是他同乡。现在打仗，树胶没出息，他也不屑来管理，仅叫一个工人守屋子。工人是个六十多岁的老年人，长身材，长方脸，长得像条直立的蛇，身子倒壮健。园主人每月给他十多元米钱，一切都由他自己打理。但据说，榴莲上市了，他可从收花中，取得七成一。胖矮伯自己说是住在那个园地附近，但我们总没有找到过。任生说："有什么看头呢。一间比鸡笼大一点的屋子，伸直两腿，躺得下去，就算很好了。他就只有这么一间活人住的破棺材。"又据任生的描述，这胖矮伯，不但成天不做工，成天躺"棺材"，而且成天不吃东西，也耐得。也是看守巴刹里头家一块小园地，每月一加仑米，就是收入的一切。他自己不种菜，养鸡，不打理什么；饿肚子，也是精神饱满的，漫山漫野地跑个够。他一路跑，一路唱，也不管到底唱些什么，有声音，就有他的存在了。你如果在树胶林中散步，一听到远处歌声起来了。起初也许以为鸟在叫，兽在哮；但你错了，这是我们的胖矮伯来了。他那种声音，没有悲哀，没有快乐，更说不到情调。就是声音的乱动。你说它洪亮圆熟，却也洪亮圆熟，就像从空洞发出来，滚似地掠过去。你如果理解念佛婆的口中的"南无阿弥陀佛"，是一种怎样不带感情的低沉的声音；那么，他的歌声，就有同样的境界，不过较为洪亮罢了。他有时来任生家，赊去一两支米酒。他就一路走回头，一路灌酒，到了家，空瓶子就作枕头睡了。也有时，走来仅仅为的蹲在门旁，吸一两盅大竹筒水烟，或者到任生菜园里要一把小辣椒。一切是那样无所谓的神情，无目的的转旋，而这就是他生活的至乐。但奇怪的是，他每一次到来，没有不听到任生嫂急急地叫道："阿方，胖矮伯来了。"这唤叫，就如欢乐的信号。阿方立刻从后门跳出来迎他，奔上去。他一见到阿方，一把抱住，先亲个痛快，再高高举起，哇啦哇啦叫着，跳着，转着，就像舞狮似的舞进屋子来了。

胖矮伯是这样能招引妇女孩子们的欢喜。凡是他一到任生家，小胖子母亲来了，阿莲，阿馨也来了，阿坤老婆也都来了。

挤挤挨挨在一起，听他说，听他笑，听他讲笑话，讲新闻。他会对我们这么说：

"先生，你不要怕，有我在这里，日本鬼子就不敢来。"他涎着脸，看看周围女人和孩子，拍拍自己胖肚子，添说道，"哪，我是一尊大炮。轰的一炮，就会把日本鬼子打得七零八落。"于是周围的人大笑了，他可坐下，扮成一个弥勒佛。

他是这样一个用自己来开玩笑，去娱乐别人的人。他活着，已经有五十开外，从没有侵犯别人一丝一毫，更不侵犯女人；所以女人多喜爱他。而他也可以在公众场合，让自己扮成个猴子，做各种各样猴子戏，去叫别人开心。

"穷开心，穷开心，越穷越开心，不穷不开心，有钱减寿命。"他玩乐够了的时候，就那么说出一串歌唱似的话。

曾经有一次，他跟我谈起过他在祖国花县时情形："嘿，那时候，好热闹，我就爱热闹，三十多岁的人，也跟二十多岁小伙子走路。"

"你打过菩萨吗？"我问。

"嘻嘻，"他未说话前，就先之以笑声，"打过，打过。不过这也没什么，菩萨烂泥做，打破一个，做起一个。"

"你也敬拜大伯公？"

"哈，福建人拜大伯公，广东人拜关公，我可没拜什么的。有土地的，有店头的，才要拜。我两手空空，两腿笔直，什么都没有。有财产才有菩萨，没财产，还要什么菩萨？我自己是菩萨，菩萨就是我。"

他又高声大笑了。不等你再问，他唱着歌，径自走掉了。

有一次，他突然带来一座留声机，说是从巴刹他认识的头家处借来的。这留声机有不少潮州的，广州的歌片，但也有京戏片和抗战歌片。巴刹头家觉得不妥当，藏到山芭来，他就借来开唱了。"留声机，会唱的，唱给人听的，您，白藏着它；它逼得气闷，人没得听的，两下落空，来来来，借给我，我就拿来了。"他这么说，打开匣子，这时候，屋子里围满了邻近所有的妇女和孩子。

他开了一片，就去拿住大竹筒水烟管，咕噜噜地抽起老烟来，一边在听唱片子。他最爱开广东片子。他听到出神处，就从大竹筒口抽回嘴巴，吐出烟，和着唱。他非常熟稔那些片子中的曲子。

他也请我们听京片和抗战歌片：

"这片子好。"他说，"你们先生，巴刹里住惯的。乡下是咱们山芭佬住的，您先生，哪惯？开张把片子开开心，很好，很好。"

如果我们开唱抗战歌片，他就静静地闭眼听住了。如果我们开唱京片，他也静静地闭着眼，用手拍着大竹筒，抽板子。他有一张鸟一样的嘴巴，也有鸟一样欣赏歌乐的心。我应该说，他是个快乐老人，他活在这世界上，是带快乐给这一群生活枯燥的人群来的。他自己就是快乐的化身。这时候，一屋子人都幸福地倾听这音乐和歌唱，什么笑声话声都没有了。

但，不久，进来了一个三十多岁的工人。全身都沾着黑炭。看来是一个烧炭的工人。

"啊！哈哈！"胖矮伯就迎上去说："庄狗仔，你什么时候出来的？现在，烧窑洞？在直落港那边？哈！这长相，呵呵呵！"

他装个像要笑破肚子样儿。

这工人，中等身材，苍白，枯瘦，方板的脸，眼睛静定定看人。他出现在这欢闹的场合，就像一个影子插入，最初谁也不觉得；之后为胖矮伯的叫唤，大家都霍然转过眼，注意到他了。

"啊！狗仔哥？你出来了！"任生嫂也这么叫。

"阿吉的妈在这里吗？"那工人迂缓地，轻轻地，静静地这么问。

"唉，大娘不在家吗？"小胖子的母亲马上从人丛中窜出来，迎上去，表示欢迎。"啊，姊丈，你来正好，听唱嘛，你有什么事？"胖女人问着，转又对别人解释似地说道："我姊丈，出来已有半个月啦，你们不知道？他在炭窑里做工哩。"

"我想跟丈母说一句话。"那工人有声无气地说，"丈母不在家。我想跟她说，窑里还有工，阿吉要去做吗？"

"来来，我陪你去，找她。"阿吉的小母亲胖女人就颠着大屁股，领那工人离我们而去了。一路上，还说："要么，去阿高家了，我看，她不会去那里的。"

"好事！好事！人来了，团圆！咱们唱够了，团圆！下次再唱。"

胖矮伯收起留声机，把一张张片子放入纸袋，又一片片叠好盖上匣子，挟在臂下，滚动身子，一跨一跨地走了。

我早从这工人身上看出一个特征。你如果见到过一只苍蝇，从黑暗屋子飞出到阳光下，它就是那样呆呆的，木木的，它得站立一会儿，然后才能展翅飞去。这工人便是现在自由了，但一切举动和言谈，还充分保留着牢监生活的情调，正像突然见到阳光的苍蝇一个样。

"这是一个杀人犯，刚放监出来的。"人散后，任生嫂跟我们这么说。

但这话，有无限底蕴，包括阿吉家全部的兴亡史。在我住满四个月后，才渐渐弄清楚它一切的经过。

阿吉父亲，二十岁左右到新加坡。新加坡华侨中有一种人物，那是颇为特别的。我曾经在《一个伙食头》里侧面地写到过这种人物。这种人物，是生长在这样的社会里：自己并无固定职业，手下却有一大群人。在船坞，码头，农场，矿场，咖啡店，马路街坊上，都有一些朋友。而他最接近的一群，则集结在自己居住的一条街道上。他不是政府警察，却征收着街道上各店家的保护费。这种人物的头子，也出入在高等社会：同乡会中有一个职位，俱乐部有一个名字。他住在英国殖民政府法律区内，他生活在这法律圈外。他们这伙里，有自己的习惯法。那可比英政府法律更有效，这种人物的头子，往往是往来于高等华人头家和下等华人苦力工人之间。因之，他一手拿住法律，一手却又拿住破坏法律的实力。他能保高等华人头家们的镖，他也能为英政府服务，破坏工人团结。而他周围又是大都集结着不正当的工人，将失业已失业的一群。阿吉父亲就是这种人物，算不得是个大领袖，手下却也有百来个兄弟，实力，硬是个小头儿。他名叫张太保。三十岁上，因为打出手，伤了一条人命，便坐小船逃到萨拉班让来了。那是为了两家小头家，一笔生意上发生冲突，一家气狠了，就买打手去私做，做死了另一个头家吃头路的（福建人把店伙叫作吃头路的）。这笔买卖，就是他干的。他见风色，一开船，跑了。主犯既然溜跑了，事情查不出根底，案子搁下来。张太保得到小头家的接济，他就用一笔本钱，首先在这一带开起木廊来。一个在这样社会中滚过的人，调度工人是有他特殊本领的。他收买了一些，去管束另外的一批工人。据任生家的工人阿龙有一次说：这里一带的木廊头家，硕莪厂头家，都是吃人精。工人成天做工不用说了，还禁止你在工作中讲和笑的。中国有的是苦力，苦力要到海外找饭，还须挨亲搬戚讲同乡。头家待工人，不比喂一头猪更好。工钱少，少得你不敢出声，在中国即使没工做，天地还阔大，可以从东飘到西，碰碰运气。南洋左右不过这么多中国人，头家和头家，非亲则友，大都面善的；一个厂里出来的工人，别的厂就不好收留了，有碍面子和交情。同乡圈子又像铜墙和铁壁，你是哪里人，广东或福建，你也只好在同乡圈子里打转。这么着，做工的唯恐一旦没工做，个个变做了瘟生似的，木笃笃的，死嵌在一处。如果你敢于反抗头家呢，那常常会挨打。这种打法是少见的。工头有鞭子，头家有手掌和腿子。更惨的，是病了。南洋蚊子多，发热病是常见的事。但你病了，谁也不理你。外国园丘有园丘医院。中国小头家的板廊，硕莪厂，只有工人自己一张席子。病是自己的事，要病便是自己不中用了的证据，所以头家想：你还不如死了好。死了他可从故乡再找新的工人来补添。据阿龙说，有十个工人的小木廊或硕莪厂，一年死三个工人不算一回事。做过这种小木廊或硕莪厂的工的，上十年，就是只一副骷髅架；活着，也是条没有感觉，不辨是非的东西了。据我推想，这张太保是在这样情形下得法了。有了木廊后，又有了一家炭窑。终于又在我和老Y去过的那树胶园上打下他产业基础。这一所比任生家更阔大但更老旧了的马来式板屋，正是他得法时建造的。在那园地临河湾处，还曾有硕莪厂遗址哩。

张太保俨然是个大头家了。在中国乡下，有一个守几亩土地的老婆外，在这里，又有两房大小老婆。那就是一个清洁而精明的老妇人，阿吉的母亲，和那个胖女人，小胖子的母亲。

张太保毕竟是从特殊社会出身的人物，也有他特殊的为人气度，这就不同于一般小商人孜孜为利，拘于小节。他不论在木廊，炭窑和硕莪厂中，都有他工人干部忠心于他，愿为他出生入死的。在炭窑里，那庄狗仔就是这种干部工人之一。张太保赏识他，就把自己大女儿嫁了他，买他一份死心。张太保自己住在树胶园公馆里，时间并不多。他来去分住在木廊和炭窑。每一地方有他一架大烟盘。他去到那里，并不需要自己去监工。监工的，有他干部工人，他们比自己还管理得紧，管理得好。他在他们身上，左右也不过多花几个钱。但他为这些工人花钱，却有另外一种方法。例如，款待他们一两盅大烟抽抽。买些酒，杀几只鸡，大家吃一顿。笼络得更好的方法，还是趁时趁节，拣个月亮夜，选个大草地，叫来些马来女人，跳"云弄"。有时候，他自己也要这些心腹去弄马来女人来供他玩弄。大烟，酒和异族的女人，是他收买心腹的好工具。他的财富便这么积聚起来了。

他还有一种特殊的手腕：他能够用"大家是中国人"的名义，收买所有中国工人，和他附近村庄的马来人去战斗，真是个打天下，占地面的"好家伙"。凡是中国同胞工人里有侵犯了马来农人的利益的时候，他都肯出头做保镖。在他事业经营的周围，凡是村长遇到村人和他有纠葛，这村长总是劝导村人说："你歇了手吧，你能和他去碰吗？鸡蛋碰石头。"周围各村庄的马来人，都一致奉送他一个高贵的绰号"野老虎"。印尼话叫作"哈利摩，利害"（Harimoe Lior）。连村庄里的小孩子，不等看到他，一听说"野老虎"来了，就会脸子发青，浑身发抖。你如果到亚里区去，问起"中国野老虎"，没有一个人不知道他住处。他连对你这个问话，也会害怕得发抖。

但在四五年前终于发生了一桩事。他女婿和另一个工人被捕了。张太保这时候，就溜到新加坡，但在荷政府里说是回国了。张太保在新加坡，便将自己所有产业抵押和出卖给萨拉班让的商人。那些商人，大都是在新加坡有联号和来往的店号的。我们初到这松芽生比时，阿吉总说他父亲在中国，而且从抽屉里拿出几年前他父亲从中国写来的信给我们看。只有一次，阿莲在向小刘念书时，她谈起，到过新加坡，在那里住上半年。她还说要到那里去念书。

事实上张太保是帮着他大女儿，那个嫁给庄狗仔的，住在新加坡作寓公。

十年的牢监只坐上五年，日本人到了萨拉班让时，把庄狗仔放出来了，那马来女人不知去向，另一个工人则死在牢监里了。

这一次大风波，便使阿吉负上了父亲给他的悲苦的运命。树胶园抵押出去后，他们就搬到任生家附近来住，土地是槁枯而且狭小的。兄弟也没有到真正能做工的时候。在我住在那里一段时间里，他们还靠着一些押款过生活。他们还希望那树胶园的受押主能生产树胶。据说，如果树胶能生产，他们还可以支用押款。但战事爆发了。谁也不割树胶了。受押主不愿空支出押款来了。这一家七口的生活因之也落空了。……

这公案我们能说什么呢？有人说，华侨是全凭自己手里一条木棍子打出一个南洋天地来的。从华侨的南洋开拓史上看，像张太保这样的人，正是一个"开国元勋"的典型，可惜我只能把他这种史实简单记下来。这种人是以祖国劳动兄弟的血肉做资本，而又以当地民族人民血肉做他扩大资本的再生产的。但张太保只走了半段路，他还没有将扩大的资本与帝国主义资本直接结合起来。他用自己的手起了家，又用自己的手毁了家。我们还只能从他身上看到华侨发展史的一个侧面罢了……而他那马上得到的罪恶的报偿，却落在他子女身上。这似乎有使我们不免感慨的地方，除外，我是并不需要去怀念这样一个人物的。

五

在另一个时候，我听到过任生所指斥的阿高说过那样的话：

"马来人不知感恩。你待他好，全以为是他的应得的一份，等到另一个日子，他还会返转来，咬你一口。"

我当初听了他的话，不免寒心，但到后来，我逐渐认识了印尼社会的构成，阿高的话，说的是"事实"。报恩哲学是封建社会的高尚道德。名义上已从奴隶脱身的农民，虽然实际上还束缚在地主的土地上，但地主与农民之间，已是一种契约关系了。契约之外，地主给以小惠，使农民知道感恩；藉以加重剥削。这就是报恩哲学产生的社会根据。但印尼社会便是在荷兰资本主义冲入之后，还有许多的地区，保存着农业公社形态，这里便没有报恩哲学可谈了。到了资本主义冲破了农业公社，乡村完全衰落了。共同体的成员，变为孤零零的个人，而资本主义的个人主义暴风雨，又卷去了他们；人与人的关系完全建在自私主义和金钱之上，报恩的哲学也抬不起头来了。

说这话的阿高，是一个高大，年壮，力强的农民，他住在任生家后山芭，有三里路远；从任生家陆路去亚里，是要经过他那个山芭穿出去，才能走上大路的。我们最初曾看到过他种植的芋头，二十多"兰堆"，功夫比谁都到家。我们也向他家买过芋头。据任生说，比市上还贵三倍，他大概有一副任生父亲那样用不完的气力。白天一早，上市场或下田头，黑了才回家休息；月亮上来了，便去打山猪，几乎每次可以打到一只，一早便把山猪运到市场去卖了。住在山芭里面，要吃到肉食，那么山猪是唯一的好食品了。但我们在那里住上四个月，却没有从阿高手中买到一块山猪肉过。每当哪晚上听到了枪声，任生断定阿高又打到山猪了，早上老Y跑去买时，山猪已给运到亚里或萨拉班让去了。

我们住在松芽生比不上一个月，听到日本军已经到了萨拉班让了。阿高在这时候，就绝迹不到任生家来。任生依然静静的，没有什么慌张，只有一个忧愁，他说：

"日本人会不会捉私酒？"

任生除略种蔬菜外，便自制米酒，运到萨拉班让去卖。他是一个多才多艺的农民，木工，酿酒，修理农具，什么都能会。他实在是一个手工艺人而兼农民的身份。在荷兰的法令中，一种甜酒，印尼话叫作"樱古尔"的，那不算是酒类，家家可以自酿作饮料。老Y爱喝酒，曾买了糯米，由任生亲自制酿过，味道确实也不坏。但任生自己酿的是白酒，在荷兰法律以外私制的。萨拉班让的康特罗，因为太平洋军事失败，那时以一个戴罪之身留住，等待日本军上来接收的。荷兰统治者对于日本，是不见虎影但闻虎声便伏下来发抖，准备让它吞噬的。康特罗正是这样的人物。但对像制私酒这样的事是放松了，任生在这一段时间里有他的生路。

我们听到日军登陆的消息，也不免有些戒备，将一切书籍收拾起来了。任生说："不要紧的，我有一只铁箱，你们把书放在里面，我到茅草堆里一丢，谁能找得到？你们呢，算是我的亲戚，还有什么事。只是一个人的口子要防备，那就是阿高。他不到萨拉班让去叫是不妨事的。"

我们如法炮制后，也安心了。任生还为我们上萨拉班让去打听消息。回来后，说并没有日本军上陆，但来了个日本官，带了马来兵，住了三夜也统走了。

这一个日本官，在后来日本陆海军登陆时，才知道是假冒的，大概他是熟读了果戈理的《钦差大臣》。他到那一个小市镇上来演出这一幕戏剧。我在离开松芽生比后，从各方面的报道，才知道事情经过是这样的：

这个假冒的日本官员，原是一个朝鲜的浪人。他在到萨拉班让前，已经在浮罗巴烟和孟加里斯，演出过同样的戏剧，但事情发生时间不久，交通隔阻，萨拉班让没听到这消息。一到他来萨拉班让，这幕戏演得特别精彩。他雇用了七八个马来兵，坐一

只电船直到萨拉班让。一登岸，全市上谣传日本军登陆了。他不动声色，带着马来兵，到中国人钟表商店，拿了表戴在自己的手上；到皮鞋店，拿了皮鞋，换掉破的，穿上新的。还拿其他一切。样子像日本人，说的是中国人不懂的日本话。中国人全以为日本军人本来是可以随便取人东西的。他之后就由马来兵护随着，直到康特罗住家。一进门，便给那康特罗吃了三大耳光，叫他跪下磕头。康特罗自然跪下磕头了，他自己用日本音的英语，说是奉令来接收了。那康特罗立刻恭敬奉命听候指挥。

"你首先要把海关账目交出来，让我盘查。"这浪人说。

康特罗立刻叫来海关关员，奉上账目，他略略过了过目，便说：

"放着，将现金封存起来，不许动用，正式接收官员，明后天就到。但现在，你先支出四千元来。"

康特罗也无不奉命是谨，一切照办了。接着，他又说："要召集这里的中印领袖训话。"康特罗把命令传出去，全萨拉班让华侨商家，唯恐落后，早在商会里开会，准备大大欢迎一番了。命令一到之后，有身份有财产的头家，都齐集在康特罗办公厅外。这浪人就下命令道："让我看一看市容！大家来，有没有抗日分子！"

每一家门上，挂起了日本旗。钦差大臣出发了，走在第一个。接着是荷兰康特罗，低着头，屏着气，跟着在昂然仰头四望的钦差大臣的紧后面；之后，是警察局长，印尼人，印尼人就不多；再接着是华侨甲必丹，是一大群华侨头家被称为萨拉班让侨领之类的人物。他们也一律地低着头，平着身，不敢喘出一声小声息，连喉头痒要咳一下也不敢了。

钦差大臣从公署出大街，从大街又转到后街。凡是华侨在路口挡路的，自然早已避开了，退立两旁，但也有胆小的，一看钦差大臣到来便跑了，这惹起了钦差大人的愤怒，赶上去，乱踢一顿，乱打一阵，不断骂着"马鹿夜郎（Bagayalo）！"

这一晚，公署里排设宴会，自然是康特罗，警察局长以至甲必丹，侨领，欢聚于一堂，盛赞日本皇军的威武，圣战的伟大。散席以后，这钦差大臣又要求康特罗找花姑娘，他而且指出后街上多少门牌，有一个年轻姑娘，要他去找来。这是他巡行时，在那门口看到过一个漂亮的姑娘。

荷兰康特罗奉命唯谨地传令到甲必丹，甲必丹奉命唯谨地找到那人家；那人家又奉命唯谨地将女儿送去了。

这是一个十六岁的年轻女孩。

一夜过去了。第二天，钦差大臣又下了一道命令给警察局，凡是谁家收有官领枪支的，一律于一天内交还政府。这命令也立刻传到亚里，阿高着慌了，但也连夜赶上萨拉班让，把枪支交上政府了。

白天里，钦差大臣不再出门巡察市区，成天伴住这女孩，自个儿玩乐着，但到入晚的时候，又下了一道命令，要第二个新鲜的没出嫁的花姑娘。

荷兰康特罗又是奉命唯谨地传令到甲必丹，甲必丹又是奉命唯谨地去叩昨日那家同侨的门，说是一客不烦两主，索性将另一个女孩送去吧。那同侨也是奉命唯谨地将另一个女童送去了。

这是一个十五岁不到的女孩。

一夜又过去了。第三天，钦差大臣又下了一道命令：皇军明天要到了，全市人民准备欢迎，他要去引导皇军到来的。头家们是聪明的，这该是他们送仪程的时候了。

钦差大臣临去的时候，拿走了四千多关银，也拿走了华侨头家的仪程，和商店的合意的礼物。而第二天日本海军果然登陆了，但否认他们派出过特派员。

"头家们就是那样自轻自贱的。"任生对这件事下过评判，"你瞧，像送龙王似的，一大群跟在后面，毕恭毕敬的，衣服穿得笔挺的，这情形多好看，还送钱，送女儿，全以为这笔本钱放下去是有收回的，却不料落个空，人财两都骗去了。"

"将来么，还会有好看的事呢。"任生又说，"真日本人到那里，怕钱要送得更多，连自己老婆的床铺也会让出去的呢，只要做成他的一笔大买卖！"

不幸的是，任生这些话，在我以后的日子里，所看到的事，竟不幸而言中了。

"阿高呢，"任生总不放过他，"他处处看头家样，想做个大头家，一听到要缴枪，竟也自己送上去了。要是我，不等到日本人到了门，我就不拿出去。"

在这山芭里，大概任生和阿高是华侨农民中两个首领，论财产怕也是最好了的。但阿高是新起户，任生是破落户，两个人相互间的暗斗非常激烈，而两人之间的性格，确实有个大差别。在日本登陆一个月后，阿高家也来了一位星洲流亡文化人，正是我们的朋友w君。

这朋友原先住在直落对面一个板廊，因为同住的朋友多，他爱清静，又为居住的秘密，找到亚里小市镇上一个小学教员，是他的学生，给他介绍到阿高家里来住了。

阿高爱接近头家，也爱接近知识分子，所谓先生们的。那教员和阿高有很好的交情，他几乎抱有和任生比赛的决心，仿佛说："你能收留星洲逃难的先生们，我可不会吗？"他于是在离自己家隔个树胶园的地方，代为借下一家马来人的空屋，让我那朋友W君住下了。但他显然比任生接待得更精明和细巧：既然这个人是自己租屋住的，不在他屋子里，即使有了事，也连累不到他，推诿得掉的。他似乎又恐怕这些先生们大都穷，有朝一日钱用光，会依赖他。但有一点已经是开例了，这就是阿高以后用标枪投射到山猪时，那W君可以买到一份。

我们之间，自然有往来，W君也常到任生家来走，阿高因之也和我们较为接近了。他是一个能说几句普通话，也在家乡小学中读上几年书的人。他爱和我们谈起中国的事，谈起抗战，谈起抗战胜利后中国强大了的希望。他最崇拜的自然是蒋介石，正和一般华侨一样是称为"委员长"的。有一次，我和他谈到马来人生活的可怜情景，他就说出了"喂马来人不如喂狗"的哲学。我也曾在一次乘船时和亚里那个小学教员谈到马来民族解放的前途。这一位非常忠厚，据W君说，他是在上海念书时也参加过革命的人物，就不同意我马来民族解放的意见。阿高显然有和他同一的立场。而且，那时候，这教员的岳父家，住在苏门答腊西海岸巴耶公务的，在那里遭遇到印尼人的大抢劫：几乎没有一家商店能幸免，虽然只伤了一个人，而华侨财产是大半损失了。

日本兵虽然守在市街口，但成千成万人，一下子聚集了，公开地抢劫。这更有理由，使阿高痛恨我所谓印尼人，他所说的马来人了。

"我们抗战打日本，"阿高说，"马来人通同日本，所以马来人就是我们的大敌人。"

"那么现在日本人要是利用马来人来打我们中国人，你将怎么办？"我笑笑问问他。阿高坐在长板凳上，两腿扩开，显出一份英武的姿态。

"这不要紧，"他说，"日本人还非要中国人帮忙不可的。"

我问他何以见得呢？他说道："中国人有钱，马来人没钱。日本人打仗要钱使，中国人跟他做生意，他才能有钱，才能打仗呢。"

"日本人打仗，是跟中国打，中国人帮日本人做生意，赚了钱，买子弹去打中国人，那又怎么样？"

"这是两样的，"他回答说，"这里不是中国的土地，日本人打进来，也不是打到我们屋里来。在中国，我们要把日本人打出去；在这里，我们可以不管他，还可以跟他做生意的。反正，我们如果不跟他做生意，让马来人占了先，他们赚了钱，有钱了，中国还能活得下去吗？中国人不能因为日本打中国，就在南洋也不和日本人做生意。中国人不做生意就会穷，穷了站不住脚。有朝一日，日本人打败了，荷兰人来了，中国人不是完了吗？这里都变作马来人世界了，我们就要在山芭里种田也种不下去了。"

阿高就是这样的一个"爱国主义者"。显然的，他生活勤劳和拘谨，他不想从自己劳力外去获得一份非分的财产，也不想别人从他身上取去一根汗毛。他没有张太保那份泼辣与强悍，然而他有比张太保更强的一份大国观念。比之阿鲁对祖国的渺茫，任生对祖国的无所谓态度，他仿佛更像一个中国人。然而，我觉得阿鲁和任生是更多一份人情味——是毕竟有灵魂和有天赋感情的人类。而阿高呢，小学教育给他的是这样的后天的爱国观！

六

日本海军在萨拉班让登陆之后，不久又离去了。带去了荷兰康特罗，委任了马来人管理政府事宜，甲必丹照旧做他的甲必丹。康特罗离去的时候，据说对华侨领袖，有一个秘密嘱咐："留下些收音机来，将来还可以听听联军的消息。中国海军一定会打到苏门答腊来，把这里收复的。"华侨领袖之间，相信中国海军不久就会浩浩荡荡杀进来，也许就在萨拉班让登陆——人是常常以自己站足的地方是世界上最重要的地方，如果中国政府不开军队来解放萨拉班让，那是不会叫侨领们服气的。但侨领们却没有一个敢于保存收音机，在日本海军命令之下，一律缴上去了。

日本海军以后是陆军，就常来这里巡逻，不曾长时间固定住下来。我们的恐惧心，自然也减轻了，我们又把一铁箱破书找出来，这给我一个机会去看任生的菜园。

任生菜园在阿坤屋子左后边，在那里种的都是芥菜和白菜。任生除私酿白酒外，便是将芥菜和白菜腌咸菜，成坛地运出到萨拉班让去出卖。一个民族最不容易改变的，怕就是食性。在海外，凡是中国人聚居的地方，总有中国作风的特殊的茶食。为了城市里头我们爱吃猪肉，就有邻近城市的中国农民为他们养猪。中国老爷多的是跟班，中国财主多的是帮佣。这社会怎么不胶住得像铁一样坚固呢？任生的咸菜制造，自然也迎合这个目的。

　　我在那菜园旁边发现了一间倒塌了的茅屋，规模也不算小。比这里任何一家现有的居屋要大得多了，自然任生家，便应除外。任生嫂说，这是她父亲的住屋。她和任生订了亲，父亲就搬来这里住，造了一进屋子。孤老，独女，本来是相依为命，日后也是一分靠山，这小老人自有打算。他们从新加坡搬来，住下了就为她准备出嫁。当初那种排场，老架子，实在叫任生嫂一说起，眼睛就会发光的。但近来任生岳父已不在任生家寄食了，喂猪的事，也交由阿叔管理。这中间的家庭风波，并没有表面化，我们一点也不知道。任生性格沉静而和易，脸子阴阴的，很少有发笑时候。他每天安排着自己工作，看来从来没有过感情的巨浪。大哭，大笑，大怒，大骂，这脾气，也是生疏的。他对我们谈话，略有微笑；余外就是一天到晚一张平板的无表情的脸子。他很少和自己妻子说话，两夫妇各自活在两个世界。黑夜里偶然摸上，一回战斗，也有了儿子。我们卧室和他的仅隔一壁，我们从来不曾听到他们夫妇俩有说有笑过一夜的，一睡下任生鼾声起来，老婆拍着孩子转着侧。阿叔和阿龙，也一样和任生不说什么。我最初以为任生保持主人的尊严，不愿跟工人们多饶舌，但他对自己岳父，也一样。只有邻居们上任生家来，这时候，任生才有一些家常琐谈。这使我们屋里，特别感到清净和安适。每一个人保持自己一个世界，又沉没在这个世界：也许在各自回忆过去的一段也曾有过光荣历史；也许这世界就是一个真空，自己沉没在这里，化作了无声无嗅无味无色甚至于无形的存在了。在这世界里既不是自利主义，也不是利他主义支配着，而是混沌一片。中国农民的混沌一片状态，实在已经到了自己发不出声音来的程度了。我在这里又重新际遇到这现象。

从任生岳父的破屋遗址，再绕过阿坤屋前，到了任生岳父的新住所。我仿佛发现了一个新世界。这里是一块小小的土地，四面围着天然生长的柴木，麻一样高，麻一样密立着。小屋仅三丈转方，却分作三间，偏旁是厨房，前面有一丈阔五尺深的坐起间。壁上挂着佛像，下面木板和树干钉成的桌子，上面放着这屋主的亡妻的神位，凳子适当地安放在屋角。后面大概是仅可铺一张床板的斗室。屋子里一切都清洁整齐而划一，便是屋前三丈转方的平地，也打扫得干干净净。厨房的灶上，有简单的炊具。这表示出屋主人清净无为以度残年的那种苦修生活。我发现了这块圣地后，常常会散步到那里来瞻望一回，即使任生岳父自己不在家，而他的一只全白的老猫，总是静静地盘卧在板桌上，少数的母鸡也自由自在无声地在院里啄食，一切是和平与静谧。我所谓中国农民的真空世界，也许这小天地就是一个化身。

但任生岳父并不是对人世绝无牵缠的一个人。他死了老婆，他没有儿子，唯一的女儿，嫁给了任生。他大概有一份幻想，靠女儿养老，但任生嫂对父亲并不亲爱，任生对他也是冷冷的。据我猜想，他最初还寄食任生家，而之后终于自己煮吃了，那是为的他自己不为任生养猪。在他养猪的时期，曾经有一只最大的母猪，一个晚上便死去了，是否中了毒，或发生了疫病，谁也没有去研究它。小老人把这事报告任生后，任生也不曾说什么，只对阿龙说："你去把它埋了吧！"任生对自己这种意外的损失，并没有像一般农民哭丧着脸，或者对工人叫骂。但小老人嗣后似乎不再在任生家寄食了，只是任生那个周岁的小孩子，一天到晚还抱在他手上。我发现这是他老人家唯一的快乐。孩子吃饱奶后，他就抱得远远了，从这个林子，穿过那一林子，他是抱着孩子穿林子的。他一路摆着两只并不有力的脚爬，头斜靠在孩子肩上，像捧元宝似的抱着；一边就不断"唔唔噢噢"的唱着，自己身上也不停地左右摆动，一切都表示手中的小生命比自己衰老的生命要贵重万倍似的。

同样的，那种生命的寄托希望，也出现在阿叔身上。有人悲怜自己的生命是一个影子似的存在，那么，这僵干了的，焦黑色的，土拨鼠似的阿叔，他的生命是一堆浓重的黑色的影子，就在黑夜里，你也可以看到他浓黑的块影的移动。他那疲劳的鼾声，简直是对世界的控诉。但他也有他寄托生命的希望。任生的大儿子阿方，是过继给他作为死后烧一撮香火的后代的。人的死后灵魂世界，是一幅生前悲惨生活的反映。飘流异域的人子，总牵挂着故乡的祖宗和土地。生活的束缚使他们不能遄返故土，而死后一样希望灵魂归宿到祖宗的血食之邦。被国际资本购买到印尼土地上来的猪仔苦力，死时总希望把自己殖民地居留纸烧毁。据理由，即是说，让他带着居留纸，好到外国阎王那里去出回国的护照；即使尸骨是葬在异域，但总得让自己灵魂奔回到自己祖宗的膝下。构成这习惯背后的心理悲剧，那是使我一想到便为之泪下的。阿叔虽不是卖身的猪仔，但自己一生已无重回祖国的希望，将任生儿子阿方过继过来，自己在生前除获得任生一口饭一盅烟以外，便是用他几乎等于无偿的劳动，来取得死后灵魂的一份享受。这悲凉，不会比临死烧居留纸的苦力，更少深刻意味吧？

阿叔一到工作完毕，总把阿方抱来，让他坐在自己身上，但阿方显然不愿意接受他的拘束，坐不下一两秒钟，就自己耸下，奔走了。阿叔那时候，就变成浓重的黑影一堆，看来连气也喘不过来了。有时候，阿方在缸边玩水，或者用力砍着木片——他正如任生一样，什么事都要尝试一下。七岁的孩子，他会拿钉子去修木拖，用木片去塞住摇动的凳脚；他更会用刀用斧去砍柱子，木头和一切。这时候，阿叔看见了，要去禁止着他，但又不敢，也不忍心。他总是绝望地叫道：

"阿方啦！弄水哪！"

"阿方啦！弄刀哪！"

与其说他是想叫任生或任生嫂来干涉这孩子的行动，还不如说，他是希望以父母的权威去禁止，或警告这孩子，而他自己则站在阿方的一边，严密注意着。如果这一声叫唤，引来任生和任生嫂，将阿方捉住，用手掌去打他的屁股，这时候，阿叔就完全吃惊了，静站在一边，也不敢劝解。如果任生嫂打得厉害一点，久一点，那么，阿叔就返身钻到自己的卧室去，蜷伏在床角，索索息息自己饮泣起来了。但又恐别人嗤笑他这种无理的悲伤，有时他就把自己的头蒙到被下去，再也不想到别人是否看到他被头下的抽动了。

在任生家周围，几乎有不少具有这种老人心境的人。在任生岳父小屋后面，还有一个完全孤独的老人，有人叫他"飞来伯"的。他有十兰堆的土地和一间茅屋，种植着椰子。他住在这里据说有二十多年了，年纪已有七十多岁。他也曾讨过马来女人，但那女人没有为他留下孩子，却自己走掉了。一个勤恳于自己工作的人，便对爱情也淡了，而一个世界上最多闲情别致的马来女人，却配上世界上最勤恳工作的中国农民，这悲剧是容易发生的。飞来伯的马来婆也就飞去了。"管她呢，马来婆是个铁肚子，反正不会生孩子。"他独自活下来，到现在还能背负一百斤重的东西。他一年之间，全仗三十多株椰子收花，度过他低廉的生活。他也养一两只猪和一大群鸡子，他摸摸索索的，依然一天作工到晚。"凭着两手，我总还有一口吃的。"他说。但他有一桩极大的忧虑：在他死之前要不要回去故乡——他算来，回去不得，这就是非常现实的想头，丢开了。但死后的血食和香火呢，他为这事常常忧伤得无力工作。"死了还是葬在这活过来的土地上。"这是他命定地决定了的事，他不怀疑，还觉得落实。但谁为他弄到一具棺材，谁又为他把棺材埋到泥土里去？而且据说，一个死者如果得不到生前亲友一滴眼泪，那么他的殓衣上的血迹，将永远不会干燥，而他的灵魂也将不能飞入阴间，重见阎王，再发判到人世来投胎的。这恐惧，威胁得他太大了。他终于病倒了。

在病中，据说得到神灵的指示，他突然恢复了健康。他走向阿高家去，也许是他那种勤苦工作的精神，正和阿高一样，他看上了中国人只有阿高是可靠的后继者。也许他和阿高同具有福建人狡黠而坚韧的气质，这气质是和客家人任生那种随和而任自然的气质不很相同的。他向阿高提出了一个"生死的契约"：

"阿高，我老了，你过继给我吧。"他说，"我活时，不要你照顾，我自己会打理的，也不要你叫我一声爸爸。我独身，活下来，也惯了。但我如果一天死了，你为我哭一声，只是一声够了，'呀！我的爸哪！'不要多的，就只这一声够了。你再为我穿上件老衣，我已经有了一通了。也许这个我未来死前，自己会穿好来等死的，也不须你动手的。但你得为我买一具棺材，把我尸体放进去，盖好，敲上钉，就在我那园地里，掘个洞，放下去，盖上土，插一块木牌，算是我在那活过的，这就够了。那样我怎么报酬你呢？你可以拿去我园地里一切一切东西，这三四十株椰子，也还值钱的，请你收留吧。答应我这一个要求。"

这样，他就安心活下来了，老年的生命仿佛更增加了一分力量。他比任生周围任何一个比他年轻的人，能作更多的工。

"他想到死后一份报偿，哼，活着都不理呢。"任生对这飞来伯的奇怪嘱托曾经有过批评。"阿高是什么人，猫头鹰成夜叫着，专催别人死，好吃死人肉的。前一些时候，这一个老头病了，发热得很，左右叫不应人，还是老老送茶水去的。"

老老就是任生的岳父，任生是这样称呼他的。我听了这话，闭目静思：一个行路跟跟跄跄的小老人，手颤颤地提了一把茶壶，走向另一个老人家去。那老人病了，呻吟着，不省人事了。这老人无声无息进了门，拿茶给那昏迷老人喝。两个老人都不说话，却各以自己一对老眼相互瞧住：

"啊！是你。"

"唉！是我。"

这便是一对同时孤老的唯一的相互慰问的声音了。……

在我以后居住苏门答腊东海岸的时候，因为受了日本法西斯的追逐，我跑过不少的中国农民的菜园，他们大都是卖猪仔到南洋的。他们赎身以后，困顿在草菜丛生的土地上。他们正和这任生岳父和飞来伯一样——独身，孤老，没有人间的安慰，望着那罩在中国土地上的苍苍天空，衰老下去，等待死的到来。这就是做一个中国人民的幸运吗？

这些平淡的生活画面，在盛道华侨经济发展的人们眼前，是不会引起兴趣的，但它们竟那样深切地弹奏着我灵魂的琴弦，永远忘不了他们的面影。而于这些平淡的画面以外，也有以出奇的姿态出现在我眼前的生活画面，这就是任生家工人阿龙。

我已经提起过阿龙的长相。五岳朝天的脸子，立地生根的身材，不高，不矮，结实。会说一串连自己也不大明白的话语。这个青年，据自己说，也许有二十八岁，但也许有三十岁了。因为他自己弄不清岁数。任生嫂说，他在任生家已经做了七年多的工。任生嫂一娶过来，他就在硕莪厂做工。这以前，据他自己说，是一个海员，在外洋船上当伙夫。他到过加尔各答，到过锡兰。他的语言不能描述他做海员时的生活。他只说，他赚过六十元一月的薪金，连外快有时在一百朝外，但他没有一个钱存积下来。他是广东台山人，家乡也没有亲人。他行船时，每到一个码头，就花完自己袋里的钱，老是今天不管明天事的。

任生嫂描述任生家过去的兴旺，常常是唾沫乱舞的。她又爱描述阿龙的狂态。

"真的嘛，那时候，我家养了三十多条浑壮的猪，一天不知要劈多少柴，烧多少猪吃的。我一个人，挑下这担子。那时，阿方还在肚子里呢。一家有十来个工人，阿叔和我婆婆帮同做饭的，公公和任生，还有小叔，那个砍柴砍死了的，也不是白空手，不做工；一起做的，吃起饭来就是两大桌。你们看哪，这么一坛大灶，像现在六七口，有啥用呢？那猪厩，这口锅子，就有一担糠好煮的，这真是热闹呢，树林子里。"

"还有呀！"任生嫂总是并不悲叹地追述着过往，好像过往的兴旺的回忆还可以滋润他们现在衰败下去的生活，"一到月头月尾，工人领过钱了，哪，这屋前，就够热闹了。你们别看阿龙这死样活气家伙呀！"任生嫂说到这里，就嗤地笑出声来，"可有他的劲儿呢，一到做满一月，身边有钱了，他总要三天不做工，到巴刹去，买这个，买那个；到马来乡村去，送花粉，送衣料，给那些马来女人呀。再不呢，就叫来一大群马来婆，把灯点得通天亮的，在这块地上哪——"她指着屋前空地，"——跳'云弄'。从晚上天黑跳起，一直跳到鸡叫，天亮，有时白天也还跳下去。马来婆可吃不消啦，阿龙不要紧，跳乏了这一个马来婆，再和那一个跳；一个个轮着跳，他可以跟十来二十个马来婆，跳三天三夜也不打紧的。他真有他劲儿呢，只要他身边有一个钱，他就不要做工，也不要困觉的。"

我们曾把任生嫂的话，问过阿龙，他歪着脸笑笑，没有否认。他只说了一句很不清楚的话，意思说，钱有什么用，我也赚过大钱来着；人要懂得用钱，不要人给钱用了，任生家就是这个榜样。……

在我们住了三个月后，我才看清楚阿龙的生活规律。每天一早，这屋子里，任生嫂是起得最早了。阿龙睡在后厅一角的板床上，也接着起来了。我是第三个起早的。当我开门出去，任生嫂总在忙着早餐，阿龙就抱着那个周岁不到的孩子，在厨下打转。饭后他出去了。他是撑着船到河湾各处，在河岸上砍柴。这种砍柴，也是一种辛苦的工作。曾经有一次，任生载我们去萨拉班让，经过他们砍柴的河湾。他静静地说："我的弟弟就是死在这里的。"我们以为他的弟弟砍柴不小心，掉在河里淹死了。可是任生说明，砍这河岸边的马胶树，是不能站在地上来砍的。两脚着力不来，人总不稳，因为这地上是烂土，一脚踏下去，便会陷得整个身子的深。马胶树干是盘盘错错地长在河泥上的，潮水来了盖住它，露在水面上的，大都是树枝，砍柴的人就得站在树根似的盘着的树干上。泥滑，很不容易站。任生弟弟曾经一次来砍树，站在这样的树干上，不料一斧头砍不中树枝，却砍中自己腿上了。砍得很深，拔出来，就痛倒在泥塘上了。直到中午的时候，家里人还不见他回来，以为他也许要砍满一船再回来。再等到下午，还不见来。任生父亲不安了，催促任生划船去瞧瞧。不料他倒在泥塘上，快要断气了，赶快载回家，血还流着，包裹起来，用刀伤药止血，还是不济。"血流得太多了，去萨拉班让找医生，也来不及，第二天，他死了。"任生几乎到了没有悲痛感觉似的说着这话。阿龙就是去那样地方——曾经发生过这样惨剧的地方去砍柴。一个征服自然的人，不会在自然灾害面前发抖，阿龙就未必在这工作里去追忆那种惨剧吧。他每天出去砍柴，终到快回来。任生嫂说，他哪里去砍柴，这么晚回来一定又到乡下玩马来婆去了。但阿龙说，他和任生约定过，一个月砍满七船柴，劈好，够烧了，责任也完了。"你管我一只卵事！"

他似乎有周期性的疯病发作状态。每个月月底，他总要停息下来，不做工，三天或者四五天。在这不做工时候，他就成天躺在床上，不起身也不吃饭，即使起身了也不吃饭。不论任生，阿叔，任生嫂如何叫他吃饭，他也不吃。"他以为不做我的工，就不吃我的饭。"任生说，"真是怪脾气。"但我在这怪脾气中却看出这工人从私有制社会下陶冶出来的道德律。

第一个月他呆了三天，过去了。阿龙有时跟我们说起，任生要他做工，却没有工钱给他。"是的，现在找不到工，便是我不砍柴，任生自己也会砍，我是多余的。"

他表示这样意思说。他悲哀，说了后，静默了。在第二个月月尾……我们就送三四元给他，算作柴钱；他一得到这钱，高兴极了，就自个儿唱着歌，穿过林子走掉。一走之后，足足有四五天没有回家。

……

在这样山芭中住着的人们，就是这样大家回返到原始时代。而这一切原始的生活的表现，是那样自然，不勉强。每个人不抱多大的希望，只为某一时，或某一点的欲望，求得满足，感到安慰了。年轻和年壮的要一杯咖啡，一杯酒或一次男女的接触，而年老的则要天国中一个灵魂的座席，一炷香火。这在他们看来都觉得是僭望，是越轨的行动，是不易达到的目的了。……这是如何残酷的现实呵！

七

在我将要住满四个月时候，老Y常常出山芭去；他到直落，到萨拉班让，到所有朋友住着的各岛屿上。我们准备迁居了。

日本陆军已在萨拉班让停住下来了。这虽然不至发生什么，但好像月亮下一堆阴影，老浮在你眼前不动，多少引起了不安。而且住在苏门答腊西海岸巴耶公务的朋友，听说也有信来要我西上。我们曾经一次搬动，因为引导我们的那船上的朋友，不能在约定会齐的岛港碰见，我们又雇船回到任生家里住下了。

但老Y却离开我们去了。

在这以前，老Y还曾去过黄泥岗，那任生父亲新开的山芭。据老Y说，任生父亲有七十多岁了，但体力怕比任生还好过十倍。他高大，他强健，他两只臂膀怕能擎得起石臼子哩。在那新芭里，也有任生家那样一进大屋子，三个"拢帮"的工人，都有结实的身体，勤工健作的。任生的娘和弟妇主持着家务。弟妇比任生老婆高大，结实，也美丽，又健壮，又文静，实在是个好女人，邻近山芭里是找不出的。她有马来女人那样阔大的胸膛，茁壮的臂膀。她养着四五头猪，还领着一个遗腹子，约莫有四五岁了。在那里，山芭都是新烧出来的，新垦辟的，地头上大都种着粮食和蔬菜，一连有六七家，"是一个新村样的天地啊！"老Y以非常赞叹的口气，结束他旅行的报告。

把老Y的简单描述和我在这任生旧芭中生活故事配合起来看，我脑子中就展开了一部分华侨农民，永远和运命斗争，又为运命所逼害，倒下去，又站起来，一部分人埋到地下去了，一部分人又生下来；这里的土地干了，房屋倒了，那里的荆棘榛莽的原野又被焚烧起来，开辟出来，另建了一个新天地，——这样的历史图画。我竟不禁为之惊心动魄了。

　　然而，在他们这样凭着自己的臂膀，并继之以白骨，去肥壮这异域的土地的伟大工程中，是谁剩得了幸福的果实呢？依然不是命定地被缚住在土地上，在阴暗，狭小，肮脏的山芭的屋子里的人们和他的子孙，而是住在巴刹里，城市中，那几乎一律大肚子的商人。这些商人正也是他们的同胞。他以同乡的感情，民族的友谊，和慈善家的面貌，借贷给你，救济你一时的缓急，而你却不知道暗暗地已被他套上了用斧子也劈不断的，比钢铁还坚韧的，那无形的锁链，终至于使你到死还感激他呀……这是一种什么的魔术呢？

　　从祖国到海外，正不知有多少侨胞的祖宗和父亲们，是用白骨和赤血开辟了子孙们一条生活的血路的。乘利取便而去的狡黠之徒，却捷足先登地，撷取了他们的白骨与赤血堆上开出来的鲜花。这之间，自然也掺杂些为帝国主义的狼虎的血爪所撕破的当地民族人民血染的鲜花。而他们号称有百万财富了，为祖国的政府所尊重了。当地民族卷起了解放革命的怒潮，偶然冲破了他们财库的墙角，他们叫号出来："保护我们的生命财产呵！"是的，他们应该被保护。但有谁为那蚯蚓一样伏在泥土地里，蚯蚓一样耕耘在泥土里，也蚯蚓一样吃着泥土的中国人民呢。一旦，蚯蚓被钓者掘得，蚯蚓又被插在钓钩上，去诱取河中的金鱼。

　　这真的是，蚯蚓似的运命，蚯蚓似的人生！

　　当我们第一次搬离任生家时，任生终于向老Y提出一个要求，他愿意买下他皮箱中安藏了四个多月的德国斧头。四个多月来任生没有向我们要求过什么，这是为了他工作上的需要，对这市上难以买到的斧头有了热爱。但农人的爱与诗人的爱，现实的爱与幻想的爱，是像月亮和太阳，永不能会面的。老Y只好回答他说："这斧头早已给朋友拿去了！"

因为第一次搬离不成，老Y自己没有再回山芭，而老Y的箱子，仍由我们带回。老Y在亚里港择定住处后，带信给我们说，把他的箱子请任生送到亚里，他有船家到那里时可以取去。任生自然遵命去了，箱子并没有下锁，内里也很少东西。任生掮着它，斧头却在箱子里滚动，发出声音。它好像在嘲笑一个失望的人。任生的心沉重了。他回来后，也不曾提及这事，他只说：

"老Y这么做不对，自己走了，把你们撇在这里。"

这已经够使我了解任生的失望感情了。

我们在任生弟弟的新房中住了四个多月，一向是坦然的。但当老Y从任生父亲新芭考察回来以后，他带来了一句任生弟妇的问话："我们房里那张铁床，现在是不是有人睡着呢？"

是的！这铁床是曾经使她深深地感到过幸福来的；而这铁床，自她丈夫死了后，又成为她痛苦的回忆了。她年轻，怎能没有青春的梦呢，但她必须为孩子继续这无望的苦痛的日子。而我们却睡在她好梦所系的床上了，这之间，好像我们做了她幸福的掠夺者了。因为我们已侵犯了她可贵的纪念物。一种玄学的思想，使我把自己导入到人生的大海中；我即使为这蚯蚓似的人们悲悯而苦痛，然而，我们却生活在那些撷取白骨与赤血堆上长着的花朵的英雄们旁边，我们何尝不是一个掠夺者呢？

不坚决地站在这苦痛的被损害者们的一边，而又伸出铁拳去，打倒一切人类生命的掠夺者，而以徒然的怜悯，给予些许同情，抚慰他们创伤的心，自己却依然皈附掠夺者以求生存，这种人道主义的实质，不过是掠夺者的变形的说教，用以缓和被损害者们的反抗罢了。——没有中间的路，我自感战栗了。

半个月后，我们终于离开任生家了。我们自己从陆路到亚里，再在那里讨船至直落港中间的炭窑里，等候汽船，开到老垅去。任生为我们把行李用船载到炭窑会齐。这炭窑就是庄狗仔，那个甘为岳父去杀死他的情妇的丈夫的勇敢的杀人犯，做工的地方。我们和任生悄悄分手了。任生站在船埠上直立着，像一根木桩子！直到船开远了，我们才看不见他。他消失在我的眼外了！他更深地钻入我的灵魂里了！

祝福你吧！任生，永远祝福你吧！你和你周围的一群！

（有删节）

一个平凡人的传略

——为二兄周年祭而作

做一个平凡人活着，做一个平凡人死了；不把生命看作如何伟大，也不把生命看作如何渺小；正面看着人生，一步步走向前去；从不知所谓失败，消极，灰心，总一天天行心之所安；有时把困难克服了，有时把困难撇在后面；没有理想，只有可实现的设施；不求意义，只求在劳动中排泄生命的力——是这样的一个平凡人，过着十余年清苦的小学教员的生涯，而今是结束了他生命的最后残辉，在不须我们的哀悼中走完了一生。

生长在一个农村的小资产阶级家庭里。三个兄弟中，行居第二。父亲是生活在雇农身上。已经从封建剥削的方式下，转变过来，多少带有些资本主义化了。这农村的转变，就使他从小学校里出来，投身到父亲为了周转大儿的学费，开张着的小商店上，做一个店伙。作为一个富农的父亲身份，是想把他作为一个买办的候补。这是过渡时代的运命，他们不是在意识中接受，他们是顺着必然的过程走去。

然而，他有内省自己的生命的旋律。他不安于这买办的候补，于他父亲病倒时，家境正要在这过渡时代中崩溃了，他作了一个飞跃的姿势，跳入在师范学校里读书了。

知道自己生命的旋律的可贵，必然，也爱惜他人生命的旋律。父亲死了，母亲软弱，大嫂坚持反对着。他却奋勇伸下手去，三弟也被提携出来了，追迹入了师范。

为的是获得了读书机会，廉价的读书机会，并不做什么"人师之师，人范之范"的梦想。一天中，也不急急于抱着课本，但一学期内，也没有把课本抛在脑后。知了个大概，也就所谓知道了；不知个大概，却也要从头到尾看一遍。于是伸伸脚，穿上了球鞋，抱着皮球到小校场去。

一脚踢去，是高球，高过了天宁寺的钟楼，但没有高入云霄。攻城门，并不斜对目标，只球到脚边，踢去，不管打在别人腿上，或门柱上。接着跑过去，跑遍了球场，没有一刻停止，但没有一个旁观者为他喝过彩。然而他不寂寞，他以全队的胜利为胜利。

假期，回家，闲着了。然而他不肯闲。姑丈有马，堂兄也有马，他要骑马。不必定要马鞍，光着背，他也要骑着，试跑。从街道，过桥，渡水，到田野间一条康庄大道上，来回地骑着跑，在夕阳影里。

从马背跌了下来，便立刻站起，拍着衣上的尘土，牵了马回来；好像没有这么一回事。

家里有枪，他从门后拿出，上了药，放好铁沙，便向白石滩去，打水鸟。

水鸟小，在他枪口上只缩作一小黑点，他放射了。水鸟在水上拍着翼飞，似乎受伤了。他脱下袜，向溪中涉去。芦苇警告着，水鸟飞去了，飞上天。他立在水中向天望，青天中一点黑影。他笑了一笑，回到滩上，穿好袜，背着枪回家了。他似乎已有所获得了。

以二弟作为副手，拿着竹箩和撩斗，把裤脚高卷到大腿上，提着网，又做渔翁去了。是暑期时候。

碧清的水，活生生的游鱼，在急水中。

他还放下网去。网给急水冲倒了，游鱼游过了网。他催着弟弟跳下水去；用撩斗去撩，不管是浮草，是石子，他还是提起撩斗来看。

但有时，他把网放在下游，在上游尽投着石子，赶鱼。于是鱼也上网来了。

并不计多少，就是两条小鱼也好。明天还是继续着。

五年生活，是这样过去。于是跳下去，这社会里。当然，在他，并不觉得怎么困难。他下过溪，网过鱼。没有收获，也是满足，他觉得已尽力了。

撞在他网上的，是一种力的感化。他不是演说家，只有斩钉截铁的几句，没有滔滔。他又非文学家，只写几句要说的，没有修饰。然而，人都总觉得他可近，也就亲近他了。

要说，他是必得说去的，在全县的教育行政会议上，他不是个行政员；他是以一个旁听者，不，是以一个县民的身份，这一天，他这样说了。

"现在的劝学所长，我可说他是阻学所长。"他为了要在乡间办一所高小，几次请求官府，终究得不到批准。他是非常感慨，便历历地说明经过，这样作了个总结。于是全县人慑服了，以他作为一只虎。似乎他已不平凡了，然而他灵魂平凡。

农村一天天向崩溃方面走去。游手的农民一天天多。一乡中元宵灯戏也减少了。而他必欲创办一个高小。这似乎是一个梦。然而在他却透过这一个梦，看出了一种可能。

名义上，一乡中先生们，都表示赞成；实际上，是断不肯放弃他们封建的权利的。什么宗，什么会，这是要出稻会的，这是要祭祖的，不得拨。学校经费也就非常难以筹划了。

于是，这一春假里从枫树岭翻过到董李家，向这个说明学校的必要，又向那个说明进行的计划，口唇干了；拭了拭额上灰尘，又折回来到赋林，到箭岭下，到小万竹。他依然是不针对球门，球到脚边踢。这样，开始他沿门募化似的生活。继之以暑假寒假，继之以年复一年。

三弟跟在他脚后，挚兴站在他腰旁，也聚集了一乡中所谓后"进于礼乐"者。从辽远拍着手的荫亭，炉子上加着炭的徐崐，以至打着风扇的阿狗阿猫，组织了一个教育会，这是先声。

三弟摇着笔作呈文，今天陈述高小必宜设立的理由，明天要县款津贴。他从头到脚念了几遍，嚼嚼味，通得过，送去了。

然而，任他们在翻山过岭时喝过多少"大风起兮云飞扬"，终始是绅士们所不需要。绅士们的儿子，自然可送县高小。

是有一点虎在县城里啸过一声。青年们醒了眼了。必须将他认作为正直者，扛到政治舞台上来。于是有对抗劣绅的法治协会的组织的刜社。他也成为其中一个"中坚"。

在黑纸白字的生活中，他还怀念着故乡的子弟。谁都可以来做他面前坐着的灵魂的指导者。而故乡的子弟，只有他是曙光。

他三年来的心事，是想创办一所高小，他三年来的心事，是终于办不成高小。

有所谓县议会了。于是也就有议长之争起来。他作为剡社一分子，在宁波作"远交"的姿势。最后，法治协会以潜伏的形势屈服了。剡社躲藏在我们的议长嵩甫先生的翼下，飞了起来。

拖开前足，作成一个攻占步。剡社开始以青年群众的力量，慑服了县教育会会长。他在这群众中，还是说他要说的。于是也就在多少斯文缄默的群众中显露了。

他是红的中心点，没落者成了众矢了。

还是进行他的高小的创办工作。县议会通过了。雏形便立刻实现，拍手声高了，加炭加得劲了，风扇也打得紧了。三弟的呈文，变作了教育的设施计划——眼前是一乡的穷苦的莘莘子弟捅着被包来了。

基础终于打不成。当然，在崩溃的沙土，一切努力都是空的。然而他不管。有一点可能，还是要尽一点力。

长着一口于思，同样是剡社的中坚，行之，和他，抱着牺牲的决心，回到本县的高小来做教员。于是半年后，初中创立起了。

初中是在剡社与议会结婚后的产儿。一年中总算是平安生长着。这产婆，是行之，是他。

"五卅"革命高潮中，这一群人一样卷在大浪顶，他作为浪头高歌着。在群众大会中，藉口因为县长的漠视，包围了县署，几乎将县长缚去作民众裁判。而出纳员又不肯在县款项下开支县议会决定的民众大会用费，又几经攻击——他还是想说他的说法，于是红的中心点，越发扩大了。

就在这个暑期，他在剡社退守策略中是必须从球场退出去了。然而他有提空枪回家的精神，他在阵线外，他还为那所故乡的高小和初中努力。

三弟被送入这球场来。却不遵守这退策，继续着他的目标进攻。他在阵外拍手，而剡社裂痕也渐起了。

半年度过了，又继续半年。对立更尖锐了。全国的革命也爆发了。他首先到革命策源地去，回来，却惢惠着三弟。

把红的中心点移到三弟身上。于是从司令部，从法院，都送来了不吉的风信。三弟是这样策进到革命策源地去了。

他遥望着，也有点欢喜。最后，他还是脱下衣服来，向这海浪中泅去。

谁都向这海浪中泅去了。仇人成为同志了。劣绅成为革命官吏了。而他还是没有看清目标，球到脚边踢去，打在仇人的腿上。

春季上海打下了。他回乡。他主持了一县的党政。晚上只睡四个钟头觉。日间又跑到乡间组织农民协会去。——然而，因之，昔日同一阵线的人，现在渐渐分化出去了。

他，过去是红的中心点，现在依然还是。

县长是承着鼻息来的，县长还是承着鼻息把他们捉去了。捉去，并没有什么名义，证据，送到了警备司令部。

然而他并没有不平凡的死，他又平凡地放出来了。这是一九二七年五六月间的事。

也做过了所谓革命县政府的科长。然而立刻恢复了他那小学教员的生涯。最近，他在县政府的委任状下，做了镇海柴桥小学校的校长。

教育上，他没有远大的理想。他只有一个哲学，应顺环境。他是主张应顺环境这"可能"，但不主张应顺环境的"现象"。同样，他也不做抄袭文章。自"设计教育道尔顿以至什么韦耐克制"之类，他都不去尝试。他说，中国没有实施这制度的可能。不识字的工农还多着呢，教育是应建筑在普遍之上的。

他度量他本乡有创设高小的必要，他同时又看到环境的"可能"。——"可能"是掩藏在现象底下的，他用现象学的方法，来掘发这"可能"。所以他放下了三年的心事。在后，他又深感到教育的建设，只是植树的工作，个别植树的工作。为要使这树顺其自然地发展，必须有培养整个森林的必要。所以他脱下衣服，向大海中投去。

失败后回来，他又觉得必须把整个森林整理过后，才可以来谈到植树工作，那意见，也是同样的错误。尽自己的能力，还值得去植树。他要在这植树工作中联系到森林的建立。"一切的工作，"他说，"要在这关系中来放下根底，要在这不绝的动态中来放下根底，要在整个与个别的相互中来放下根底。"

他因之把学校的教育目的，放在学校与社会的相互关系上；把学生的陶冶工作，放在学生与时代的交流上。而又把自己和教员，放在整个的一种世界观上，来从事个别的耕耘。

但，他并不高谈他的这种哲学。他是以行动来说明这哲学的。他平时，只对他三弟说："你读过许多书，知道许多理。而我，则只看过些现实，知道一个变字。"

这变字，便是"关系"与"动态"与解决一切矛盾和对立物的一个总括概念。他以"穷则变，变则通"的话来代替了黑格尔的辩证法——质量的转变。

他以变字，来鼓策他三弟，来鼓策自己，来鼓策学生，来鼓策同事，来鼓策人生。——所以他乐观，他积极。他有勇气活下去，虽然这世界是纷然。然而他怎么在这应该活下去的年龄中终于不能活下去了。

然而隐藏在这变字底下，他又有非常平凡的想念，他要在可能范围内，谈到自己的生活；同时，也谈到教育的生活，学生将来的生活。

他曾经为了生活的关系，想辞去这三十元一月的校长生活，去谋一个较好的海员工会里的生活。然而他又为了他一辞去，同事们的生活立时都会成了问题，又自己隐忍的生活在这三十元一月的校长生活上。

一年来学生的激增，校舍不够敷用了。他又运用他的哲学，他要建筑校舍了。

从资本家荷包里挖出，来建筑这学校。而他偏要说这是他们应尽的义务，估定了他们自视为美德的慈善事业的价值。这在他觉得并不是"俯首"或"屈服"，或"效命奔走"。他在他那变的哲学中。他固然尊重那所谓飞跃与突变。但他又有一个原则，一切的渐变与转移，也就是促成所谓飞跃与突变的预备姿势。

水必须从其本来的度数以上，渐至百度的这一个过程的增高，于是有所谓蒸气的突变。他同意三弟的突变说，但也不蔑视自己的渐变论。

四月间三弟罹了时疫，放在隔离医院里，他着了急。他自己知道，三弟这病是文字劳动之所致。三弟是越过了他一个阵线，这越过，在他觉得全是应该的，至于他自己为什么不同三弟一同越过这一阵线，他也并不追问自己。似乎他没有要越过，也就不越过了；然而同情别人的越过，也就觉得自己已经越过了。三弟的一切困难，经济上的困难，家庭上的困难，他都受当了去。三弟的一切毁谤，三弟的一切屈辱，他也都受当了去。别人，把三弟看作了不齿的人，他却把三弟看作了先走一步的人。同样，他在学校里，因之也发现不出所谓顽劣儿童，他是把顽劣的儿童看作为超越环境的天才。"准许我们学校环境有改善的必要吧！"他是常常这样反省的。所以儿童也终于和他亲和了。

他为了三弟的事，也整整在上海住了两月。他奔走，流着汗奔走，早晚请问医生。他体验到自己生命的韵律，他更不忍三弟生命韵律的消失。

医生宣告危险期已过，但必须五个月后才能出院。于是他安心回去了。暑假也就脚跟脚的追来。又因为生活的念头打动了他，因此得解决围绕在他身旁的不少暮年的生活。应了汉口宁波旅汉公学之请，去做校长，但不得不把校务整理个头绪。才匆匆地回了次家，看一看年老的母亲，望一望稍有些基础的高小，两晚后就来到上海，飞渡到汉口去了。——这期间，他又发起了创办上海学园。是一些后进青年们的集合，也是以爱三弟、爱学生一般来和这批后进青年相交接的。他在这中间，并不觉得自己是个年事稍长的或是前辈。

他在汉口，大水像百万兵马似的围住了他，两礼拜他不能下楼。他计划着一切切近的可实现的计划，他要安排眼前许多待嘴的嘴巴。他并不高谈，把教育看作比嘴巴重，同时也不把嘴巴看作比教育重。他是把教育和嘴巴等量齐观的。这是他平凡的哲学。

水稍退了，他急于要回到镇海去，结束校事。他在回归途中去上海，居而旧病——胃病发作了。聪明的医士，作为腹膜炎来医治，一天，便死在保隆医院的三等病房里了。

他这次死去，终于不得相见三弟之恢复原状。他不料自己会死得这么快速，他也得不到一个人可说一句遗嘱。他曾有过两千以上的学生，三千以上的故乡的农民群众，他死去，却只孤零零的一个人，连看护也不到的三等病房里，他是自己一个人伸直手来，闭下眼去，断了气了。

他一生仆仆风尘，不求所得，而他竟也无所得地回去了。同时，他没有巨帙的著作，新发明的教育学说遗留给我们；他不想有什么遗留，他也竟无所遗留地回去了。像风扫过沙上一切的迹痕消灭在空虚里，他回去在空虚里了。——他是以众人的胜利为胜利，但他却从众人中不计胜利地寂寞地消失了。

他是谁，他是过了十余年清苦的教员生活，把教育看作为社会事业之一，从改革社会中来建设教育，从努力教育中来挽救社会的一个焦心于故乡的建设地，作为一个群众利益的殉葬者。他的墓碑上将写上这几句：

> 他活着的时候，没有人知道，
> 他死了以后，只长着一墓荒草！
> 他的名字叫做王仲隅，而今是
> 撇下了啼饥号寒的妻儿，在暮云深处！

第一次过堂

——监房手记之四

这里仿佛是大猪行的临时猪栏。

黑色大汽车冲进了大门后，就霍地刹住了。车左面的门发了一声响，黑木箱似的车舱透露了亮光。把自己看作赶赴屠场去的猪仔相互顶撞着的我们这一群，这才得相互瞧了瞧苍白的脸，淡淡地苦笑一下。

我们有三十多个：窃贼，烟鬼，打吗啡的，打相打的，抢劫的，吃讲茶的，小瘪三，绑票，虚设字号的，拐带女人孩子的，码头苦力；还有我，一个护讽耶稣的法利赛人。

临时猪栏的铁栅门喀喀喀喀地在发响，我们——这一群殖民地的猪，一个个在穿着棕色制服佩着帝国主义者交给的手枪的同胞们的大声吆喝与斥骂之下，跳下了车，又复一个个成串地被赶到铁栅门里去。

"猪猡！走得快些哪！"

"猪猡！抢啥前头呢！"

"猪猡！""猪猡！"

声音跟黑色的手枪一齐发着光，声音也跟黑色的警棍一齐起着舞。

"猪猡呵！猪猡——"

我"爬走"在队伍里招唤着自己的灵魂。

我们的灵魂，像一杯泼地的水银，溜散了，成为零碎的沫子了。——然而，又踹在洋老爷以及其忠实的走狗们的上钉的牛皮鞋下，践成漆黑的污泥。

铁栅门豁啦啦叩上，——我的心爆裂着。一把黑色的像小乌龟似的洋锁，仰着它那刀字形的嘴子，向栅门的拳纽孔里，咕咕咕咕穿了进去，终于啪哒一声，又相互咬住了。我的心一阵痛，也像上了锁。咬住了！

铁栅里拥挤着百来个像刚从泥沼里爬上来的黑色的动物。是猪！是猪猡呵！哄响着，哼着，叹息，闹着，唔唔地叫着，泣着，号着，——赶不跑的相嘘于泥沼中的恶梦！

"猪猡！噪什么！"

栅门外小院子里走来一个"彪形大汉"叫着，又用黑漆棍敲着铁栅。"嗒！嗒！嗒！"

"马上就要上公堂了！宰的宰，关的关，还闹什么？"

静寂像一块大石，不，像一张黑夜的幕，突然压在我们头上，张在我们头上。我们有百来个：老的，中年的，小的，疲弱的，强悍的，——窃贼，烟鬼，"跑电车的"，"爬垃圾的"，凶杀的，抢劫的，吃讲茶的，翻戏的，运吗啡的，私带枪械的，开汽车的——还有一个我，一个法里赛人，以耶稣的名义而犯了罪！

但全都浮起苍白的脸：脸以外，一切都收拾在灰黑里。苍白脸上的惨笑，苍白脸上的颤抖，苍白脸上的灰尘穗子，苍白脸上的水葡萄似的涨红的两眼，苍白脸上露出的黄牙龈，苍白脸上的眼泪……

苍白脸上的愤怒与仇恨！

"霍霍霍！……妈妈的！……猪猡！……瘪三！……"

小院子里有人在倒一串蛋壳，得意而高傲地发笑。棕色的影子，在薄薄阳光下晃东晃西地晃着；有的则吊着两腿坐在一条长板凳上，圆而且胖的大屁股，从板凳后面倒吊似地窥过"头"来。——像池边一座倒影的馒头山。吊在凳前的一条警棍，在那上面划了一条黑线。是池边的高木桩！

全个小院子浴在笑声里，阳光，舒适，安闲，还有被损害者们所衬托出来的骄傲，胜利与得意！

还有，还有我们找不回来的自由！

自由忽然变成一条无形的铁的鞭子，抽打着我们的灵魂，我们的肉体，我们的灵魂的肉体。

我们挣扎着。

我们哄动着。

我们又追逐着黑暗的泥沼里的梦：哼着，叫着，颤抖着，唔唔着，——笑我们的，哭我们的；用我们的肩背，相互摩擦；用我们的呼吸，相互喘息；用我们的语言，相互慰问……

我们有百来个：蹲着，坐着，站着，踱着，面着壁看着，扳着铁栅望着，仰看着屋顶木头似的待着——老的，小的，壮的，弱的，……强盗，绑票，凶手，奸夫，……我们全都藉卑微的生命的力，动着！

我们动着——我们活着！

我们要活呵！要自由的活！

我们是人，挣回一个我们人的地位呀！法律与正义，滚你的蛋吧！这被强奸了的处女，圣母玛利亚！

"猪猡！猪猡！猪猡！"

泼水似的嚎叫，又跟皮鞋的击石声送来！铁栅啪哒哒地发叫，——又是这一老套头：

"过了堂后，全叫你们到漕河泾广场上去闹！"

"一粒卫生丸子，贯穿上你们百来条的心。全把你们收拾得干干净净！"

"哈哈！猪猡还可以杀肉卖呢！"

是啊！——

卖不了的，是我们的灵魂！我吐了一口唾涎给没了正义的地面。

十点钟了。

"开堂！"

一个声音从大门外送了进来。七八对棕色布绑腿好像被暴风雨吹打的灌木林似地荒乱而交错地杂踏起来。

"过堂！"

"过堂！"

声音一个个传递着。七八对棕色绑腿像打棒球的勇士们似的一齐奔向铁栅这边来。

"新闻——"

"汇司——"

"提篮桥——"

"戈登路——"

圆球似的在小院子里滚着的"过堂"的叫声，马上爆散成他们手里的黑漆棍似的向铁栅的格子中冲了进来。打击着我们每一个人的灵魂。

我们的心，为求正义与公平而发着抖。

铁栅门格拉格拉地又发了一阵响，咬着嘴的锁子，摆了摆身段，放开了嘴。铁栅门鸣的半开了。一个个挤进了光彩不同于我们的"彪形大汉"。

眼光……手枪的光……铐子的光……皮鞋的光。

铁栅里全都像归号的书本似的列起队来。这时候，像剪毛作字的猪猡似的用白粉写在我们衣背上的字，一个个以它们各种飞舞的姿态，显示了特殊的存在。我们就成为"新"字列，"汇"字列，"戈"字列……几条长蛇似的大存在。

但我们还是一群：偷盗与凶杀，烟鬼与苦力，骗拐与流氓，奸夫与翻戏……我们整着阵容出去，我们在铁爪下要求正义。不！有人要用我们的血，去祭在正义的台前。

只有提篮桥那一系列，却有号码代替着他们姓名。"25672""35479""18726"……这数字的排列，坚固地嵌在他们穿得发黑的白囚衣的胸前。

我们成列的"嵌"过铁栅门，成列的嵌过布绑的腿林子，嵌过黑色的手枪的旁边。

世界豁新在我们眼前开展了！好阔大的世界呵！有天，有太阳，有白云，有参差不齐的瓦屋檐，有石板的铺道，一切都很熟悉，但一切都仿佛生疏了！

我们被一种力所征服：局促，畏惧……绿着对眼珠子。

隆隆隆！啊！多么亲切的电车！打从通院门的大路传来。我顾盼着，有没有我熟识的脸。谁都是我熟识的，谁又都和我生疏，可爱的自由的人类！可诅咒的以自己的自由而剥夺别人自由的人类。

到处响着"行"的名字，到处叫着"猪猡"的名字，我们的队伍被分散了。我一个人落在第一公堂的待审室里。

经过轻描淡写地盘问不到十句以后，又被笔头一指，带进到待审室了。

"怎么不审了呢？"

"先报个名啊！——这是户口登记！"

有谁在那么回答我。

皮鞋耄落耄落响近我来，黑得像地窖似的待审室，起了一阵震动。

"铐上！"

一个生冷而惯习的声音，白铁的光在我眼前发亮，我伸过手去。

克拉克拉清脆而纯熟地响了两下——只有两下，铐子咬住我的手腕。我忘却了愤恨。我感到铐子重回到我手下来的温暖。

"带去！"

叱咤声中显示着某种的威武。一只铁似的手爪，抓住我的衣领，推着，也像挽着；我的身子前倒着，也时时后仰着。我的步子踉跄着。

又通过了一个阔大的世界。有天，有白云，有太阳，太阳下有人。直穿过院门往外看，有生命的马路在生动地抖动！

"猪猡！瘪三！"

皮鞋底踏上石阶声震聋我耳朵。抓着我那领子的铁手，一拉又一推，我撞在铁栅门上，铁栅门被撞开了，我被翻进这临时猪栏里。

一翻身坐在地上，我用着怜悯的眼光看一看那只铁手的主人。还是无法分辨的应列于"彪形大汉"之类的他，在把铁门栓上。

"兄弟！我们都是一样的。"

有人在那么叫，这可说出了我心头的意思。我又用怜悯的眼看了那大汉一下。

这回，房子显得宽大而且透气。不上十个人。有四五个以号码表示存在的更审犯，蹲在墙头脚下，组手在膝上，安闲而且舒适，仿佛曝在黄日下的乡下佬，尖着耳朵在听前面一个穿破长衫的人的说话。

"没什么，这回总算又回了一次老家！"

那人一边说着，一边转动着瘦骨如柴的身子。可是宽敞的破长衫似乎不怎么飘动。

我静下心来听着。

"我有什么罪呢？一只卵！马路上舞台的老板，左右不过是哼几句'我本——是，卧龙岗……散淡的人……'，那又犯了什么法！一只卵！"

于是他微微把小肚向前一突，表示他有这个东西。

"一只卵！要是马路舞台开不了，我左右也不过摆一摆地摊呀？在什么马路上，写上几个字：寻友不遇可奈何，流落上海苦若何，过路君子谈一遍……唔唔唔！总得铜板丢把我呀！"

"呵呵呵！"

蹲在墙脚一排的人笑了起来。

"猪猡！——不要噪！"

门外的彪形大汉，例外地用亲和的声音叫着。

那人刷地转过身来，以惯习而滑稽的敏捷的动作，挺直腰背，举手额上；很有劲地叫了一声：

"立正！礼！"

"猪猡！——瘪三，不要哗啦哗啦！"

门外那人带着笑。

于是他把那为油浆渍硬了的长衫的前胸，向后一推，足足推进了一尺多，恭恭敬敬地鞠下躬去！

"老乡有请，小瘪三多多拜上，小瘪三稍为哗啦哗啦有个。"

接着，又虎的转回了身，面对着墙脚蹲着的人，做了个歪脸，向外尖了一眼，以适可的不至传出屋外的小声音，骂着：

"猪猡！赤佬！……哈哈哈！"

过后又仰过腰笑了起来。

"那么，闲话少说，言归正传，马路舞台老板还说自己的事则个……"

他抹一把脸，猴子似地跳蹦起来。

"我没有罪，我一点也没有罪。自然，穷，做瘪三，那也许是我的罪。但我站在堂上，还没有把脚竖直，老爷可就发付下来了：三个月。我叫老爷，开开恩，开开恩，可是笔头一点，中，状元考定了，下来！……哈哈！我真的稀罕老爷开恩吗？不，我嘴里叫，我心里却笑：好呀！好呀！一枝杏花红十里，状元归家马如飞，这回老夫又得回老家去休息三个月也！"

他跳蹦得益发高兴，两手拉着仿佛长在下巴那里的无形的胡子，装着戏台上老生出场的姿势。可是突然他神经质地一个回旋，对着铁栅门，一个立正姿势：

"立正！礼！"

于是又把胸前衣服一拍，弯下腰去。

"多多拜上老乡，小的以后不敢了！"

但等他站直身子一看，门外的老乡正背着他站着，既没骂他，也没理会他。他马上带笑带叫的跳蹦起来，两手像平时防护警棍的雨的袭来似地抱住了他那副癫脑袋。

"哈哈！回老家去！回老家去！有鱼，有肉，有眠，有触……"他又转身对更审犯他们说出。"触屁眼呀！——"他拖了一个长音，伸了一下舌头。突然又回过头瞧我一眼，向自己手上飞了个吻，"嘟嘟嘟"叫出一下汽笛似的声音，飞奔到一角上去了。

那几个更审犯淡漠得像没有感觉似地露着没意味的笑，抹抹脸，眼光懒洋洋地看着屋角，翘了两下屁股，仍旧蹲住了。

在一角上，他抱着头蹲不上三分钟，突然又像一只蜘蛛似地飞出来：

"这回去，我还得在饭房里做活！"他像对谁预先计划似的说："码簿头里不一定没有我们的老搭档。听说，杨总司令还在那里是不是？"他向那些更审犯问着，一看更审犯眼睛表示了是的意思以后，他就一个旋风跳，把宽大的长衫飞成一把大衫。长衫还在绕身飞舞时，他那瘦脚却插在地上了。他接着唱歌似的说道："杨总司令跟我也有点交情，他总当为我安插则个——哈，一做饭房可快活，偷吃小菜，老鸹！——骨拉屯仑锵！骨拉屯仑锵！"

他这么的唱着，就在屋里踱了起来。一步一挥手，仿佛戏台上老生出场似的。他那黄瘦的脸子，也左顾右盼地很神气。

"不必说起。"于是他用手向空中一划，"自然天下老鸦一般黑，打通杨总司令，还得有物孝敬。列位无不知道，何用小的多说。牢里板烟是金钱。一条板烟也就可打通了此路！可惜我马路舞台老板，没人送板烟呵！……"

他马上捧着两手掠了一把没胡子的下巴。

"喤——倸——吃——倸——瞠……"

又摆起八字步来回地踱了起来。一踱到那些更审犯面前，他突然站下。

"可是马路舞台老板，以前也不是没有阔过呀。前几个月，我还在'老家'饭房里干活。偷吃牛肉那本领要算我第一。"

于是他回述起偷吃牛肉的情形：阿三站在旁边，哥的巴的有个。自家一手伸到洋铁罐边，稍稍用食指向罐头里一舐，舐来牛肉一块，给掂贴在手心里，平着手掌给他瞧；一句哥的巴的，看他眼一霎，头一点，手掌向自己嘴上一括，一块牛肉送进嘴里。

咕噜一声，于是叫："啊啦！自己吃个巴掌有个！"阿三也就笑笑走开了……

"但这不过日常略施小技罢了！"

他仿佛要把这些功绩抹杀似地用手袖向空中一拂："就是整罐整罐的牛肉，我也落手得了呢。"于是他咂了咂舌头，津津有味地说了下去，但我却对这为社会的罪恶所风化的小人物的谈话，渐渐听得腻了。我别过头向外看去。

铁栅门继续不断地搭拉拉拉发响，"人"就像被抛水片似的被打入到黑暗的空间来，我又感到人间的暖热，我眼前这个时时在警戒中过活以滑稽作为防护的武器以消弭压迫者的压力的马路舞台老板，也就卷在人潮里了。

我们是苦难的一群。我们有百来个。我们聚首在临时猪栏里，我将就分区的载回去。但我们总有一天在"老家"里会面的。我们是窃贼，翻戏，绑票，烟鬼，凶手，车夫，吃地段的，跳马路的……一个法利赛人的我，一个马路舞台老板的他。

我们是猪猡一群。

黑色汽车嘟嘟的来，黑色汽车嘟嘟的去！我们分散了！我们能得再会呵？

我来自东

——其新礼嘉，其旧如何之？

在一间亭子间里安顿下来，我开始伏在案头，写信给朋友。

朋友：

我已经住满了六个月"公民训练所"了。十月廿四日，是我毕业的日子。这以后，我总算是个头号的驯良的公民了。

六个月时间，并不算长，但也不算短吧。在那里跟外界空气是完全隔绝的。里面的课程是：一日三餐，闭门思过，如此而已。当然，无论谁，就是他有一大堆过处，要静静地来思它六个月，那是无需的。这其间，也有一天思一下的，也有整天不思的。至于夜里睡觉，那是要思也无从思起了。但总算是思过了。既然定期六个月毕业，也就让我毕业出来了。

可是我一出来，才知道这古老的国家，顿时换了个样。这真叫我惊奇。空前未有的大水，把它漂得一脸的颓唐，困乏，喘不过气来。但接着，还让人迅雷不及掩耳地割去了一只臂膊。不，毋宁说是脑袋吧。虽然看去它还是活着，然而——然而什么呢？朋友，不再来个然而了。一个公民，安分是要紧的。我还用为它这二重灾难掉一滴不算稀罕的眼泪吗？

然而，我终于掉下眼泪来了。你也许知道，一个猴子脸的，永远享乐生命，却是永远没把生命向无聊的海里抛过一时半刻的锚，致全力于小学教育的我那第二个哥哥，竟在这六个月里，从汉口回到上海，因患腹膜炎，悄悄地连半个看护都不曾知道死于宝隆医院三等病房里了。待我出来问起，我是只看到他那一具暗黄色的薄棺，横陈在十六铺宁绍码头上，正待上船起运了。

朋友，这运命安排我的，是什么一回事呢？它是要我做个含泪的丑角，效志士的口吻说："朋友，我是国难家祸，兼集一身了。你能为我设法择一枝之栖，让我慷慨悲歌吗？"

写成了那样的信，从头看了一遍，觉得这气派，倒也颇有可观。便誊了几份向各处朋友寄去。心里并不一定希望个个朋友有切实的答复。仿佛这么一做，就对得起自己了。如其自己在亭子间里竟有一天饿毙，那我也尽有话说："我不是没有给你想法过呀！现在你竟饿死了，那是你命里注定。"——这就是一个安分的公民所学得的能对自己聊尽人事的处世态度。

出乎意外的是，汉口朋友庞君竟来了一封复信，而且是航空快信，说在那里有家报馆，有个编辑位子，叫我去担任。待遇是很微薄的，但对于一个正饿肚子的人，却不能不说是个美缺。虽然，那信里也说到了关于那个位子有一点小纠纷，不过，不关我的事，我自然预备动身了。

然而，已越过了一个年头。一九二一年一月八日晚上，在白尔部路太和里一个亭子间里，紧紧地塞上连自己四个人。一个是新从东京回来的朱君，一个是表弟周琪，还有一个是刚从宁波出来的我的女人，周琪是刚从汉口回来的。这个被叫作"倒牛"的青年人，时时爱闹些意气，他在旅汉公学教书，带领学生起了个不小的风潮。风潮照例是学生那面失败的。他就半途辞职回来了。这回他碰见我，知道我要到汉口去，就告诉我许多旅行的经验，帮了我不少的忙。看船，定舱位，弄半价船票，全是他照料的。此刻，他是来送我上船的。朱君呢，这个酒杯底里唱着恋歌的浪漫主义者，他从东京回来，仿佛抱有一个极大的志愿，要在这古老的国土上，怎么地来飞舞一下的。他知道我毕业出来，赶来向我庆祝新生，却不料竟来送我上船了。

那么就四个人坐着四辆黄包车上船去吧。行李最简单不过的，一个被包，两只箱子。车子从幽暗的白尔部路拖出，拖到红红绿绿的霓虹灯辉煌着的霞飞路。四辆车子，仿佛是四匹秃驴，挣扎，喘息，划不出它那光圈的极限，叫人感到过重的压迫。想起了激浪中一粒沙子。然而精神胜利者，自有他的办法。我偷偷地向这地面上吐了一口唾沫！我默祷着："让你沉默吧！你这可诅咒的地面！我愿永远不再踏上你呵！"

四辆车子就是那么的冲着寒冷的夜气，曲曲折折地往十六铺划去。他们无论怎么跑得飞快，但坐车的总觉得他们全像青蛙似的抽动着两条黑腿了，划不前去。有时这一辆接不上那一辆，这一辆坐车的就会急得生气，像夹着马刺钉似的踏着车板，唉使着这匹"人畜"赶前跑去。这一份常识，就是个驯良的公民，也是具备的。坐在最后一辆车上的我，就应用过这一份常识。

车夫是绝没有反抗的，而且各辆车子安然的不前不后给拖到十六铺了。十六铺一带的码头上，挺像个千百条黑泥鳅打滚着的黑泥塘。这些黑泥鳅们，竟显得那么庞大，发着那么响亮的歌调，有的把背曲成了直角，捎着个土山那么大的箱子或包裹，仿佛一个地球仪，它那支持的柄，过分弱小，随时会掉下来。然而他却随时推进，直推到张着大口的船只的下舱。有的是相互扛着货箱，像神话里五通扛着田走似的，货箱跟人的比量，是那么不相称，然而他们偏扛得那么快，叫人简直疑心这货箱自己生着足在走。但一个驯良的公民，实在毋需顾念这一切。车子放在金利元码头外的马路边，我照例如数付足了车钱，一个不多，一个不少。挑夫们迎上前来，我大模大样的不理，瞧一瞧那船只。船边横写着"江华"二字。旁边直飘着一条布条子，写着"今晚开往汉口沿路各埠皆停"几个字。我才吐了口气，知道这回是真的要离开可诅咒的地面了。

不等我把挑夫们打发开，周琪已经捎着一只被包打先走了。挑夫们瞪着眼瞧，不说什么。于是朱君跟我就各提着一只皮箱跟着去。四个人挤过这些黑泥鳅们堆里，跳上跳板，向第二层房舱走去。船边上挤满了小贩和搭客，一片汹汹的嚷声，仿佛把人抛在无边无际的海里，人就给这嚷声推着前进。

好容易挤到了预定的十二号房舱。四个人又挤在一起坐定。

房舱是三个铺位的，茶房说就只有我们两个搭客。这自然叫我们欢喜。周琪坐了一会，出去找了三轨史君来，给我碰碰面，说卖票的时候，招呼他一下就行了。同时，史君也跟茶房关照了一下，茶房马上显出一份特别亲和的脸色。

已经是九点多了。船是夜间十一点左右开的，我们谈了不多会儿，被送的人这回却要送那来送的人了。我们就在跳板一边，跟朱君和周琪握了最后一次手。

凭栏俯视，码头上还照旧鼎沸着，汹涌着。照旧是过分渺小的黑泥鳅们的挣扎与空嚷。在他们头上，交混着夜的黑暗与电灯的黄苍苍的弱光，这空间因之就成为合色板上一片昏晕的沉浊的色调，而把那些浮动的灰色小东西淹没在黑暗的海里了。这叫人会感到没出路的悲凉。仰望天空，则苍苍茫茫的一片。几点银色的寒星，鸢远地在幽冥中荡漾，时隐时现，仿佛在透露这世界的光明的消息。

一会儿，冷飕飕的江风，打从船头一阵阵吹来。船两边靠码头扎住的划子，驳船，黑沉沉的在随波俯仰，那些小船上一点点黄澄澄的灯光，仿佛掠着江在飞。远处送来电车的足镣声，清澈而略带寒冷，如都市的夜的哀歌。这回是真的要离开这可咒诅的，然而也仿佛可爱的地面了。

我们悄然的回到房舱里去。

一早醒来，不知道船已开到哪里。望望江面是平平静静的。两岸小山绵延略带灰黄色，如中国的淡墨画一般。太阳照在那上面，灰黄中又透出了一抹苍白，显示了冬的爪痕。江风仍如昨晚那么寒冷，吹得人索索发抖。且因船的鼓轮前进，这风势仿佛更来得激厉。

毕竟我还不够训练，缺少一份公民常识，为了找茅厕，竟舍近而求远，从中舱找到下舱去。可是竟哪里来了那么多搭客，一过房舱境界，什么行人道，梯子，全给苍老得一脸灰土的公民们占据了。他们大都穿着黑色的破烂的棉袄，蓬着纷乱的夹着灰沙的头发。有的斜靠着船壁拢着手袖侧着脑袋还在打盹。有的耸起两腿坐在船舷边，两手支在膝盖上，捧住脑袋，仿佛在想心事。有的坐在梯子格上，手扳住梯子的栏杆，把脑袋挂在臂圈里；——这么的一格一格的全坐满了人，这梯子就像千佛岩似的，各人各显着一副姿态，煞像活佛出世。而我就在这些活佛间插足下去。我一边插足下去，一边想：这古老国家的公民，可全是些安贫乐道的圣贤不成？人间最高的理想的仙人，无论出现在画面上，无论出现在戏剧上，全是一套破烂的衣服，一张黑污的脸子，一头枯黄纷乱的头发。正跟这眼前的一群相仿。穷困与仙佛合一，于是所有的公民都成安分守己的理想主义者了。而另一些人，比如我自己，这时就可跨在他们头上走路。也许我用足踏在他们肚上，他们也是愿意的。

一到下舱，梯子口的小角落里，差不多足足挤满了百来个人，自然，这里既藏风，又靠近机舱，要暖和得多了。但严冬的风，绝不为他们发一点儿悲悯。它们是拣着极细的门缝都要钻进来的，何况这里没有门，它们有时且还挟着机轮卷起的浪沫子，飞打进来。但人既然挤得紧了，呼吸与体温也略略增加了热度。他们仿佛都欢喜那么的你挨我挤的紧在一堆。

在下舱行道上挤去，浪花时时溅过船舷。这下舱的行道，常堆着些箱子，包裹之类。那些东西上，也一样坐着些人。他们的破烂衣裳，全是湿漉漉的，须发之间，还挂些小小的水珠子。他们脸上微微地在冒着白烟，但他们仍在安然的瞌睡。也许这里已是他们上好的安息处了。

船梢头又是一大堆人。跟以前所见的没有两样。但这里仿佛多些女公民，跟穿破旧军服的汉子。有些人仿佛不一定是在这里过夜的，他们挤在茅厕边，在等着上厕。可是厕所的门总只半开着，不让多人进去。待我趁机会进去一看，原因是靠门那隙地上横躺着两个男子，像两匹死过去了的黑猪仔，顶住了门扇。我一边在拉屎，一边瞧着直到此刻还不曾臭醒过来的黑猪仔，不觉记起了咱们先哲说过的"道在屎溺"的话。也许他们这时正在学道吧！

然而一个驯良的公民，要不在屎溺与泥沼中求生活之道，那是马上便有生命危险的。这在我倒也训练有素了。

回到自己房舱里，可真吐了长长一口气。我疑心自己落在难民船里。我虽不曾眼见过去年长江的大水，但灾后的难民想来现在不一定可在他们故土上安居乐业。也许他们的故土，有"贤父母"们早给恢复旧观了，但他们既然给水漂了出来，他们还得溯江回去。所以，这只水上的骆驼，就不得不驮起这些公民们走路了。

不过这一切，对于我，还是多余的想头。反正他们那份船钱不用我操心。我自己的房舱的半价票，早已有了办法。早饭吃过后，我就坐下来看书。

书是日本的中国通长野朗氏（为尊敬起见，我这里加个氏字）作的一册小册子，书名叫作《满蒙》。我虽然是个中国公民，但对于满蒙的情形确实不甚了然。自然无须说满蒙是咱们的生命线了。但事情既已过去，事后来研究研究，也许有点益处，至少一份惋惜的心情是会有的。同时，看了这书后，倘能增加一份慷慨的精神，那就可挥拳击桌的说："啊，某某地方，每年有多少石油的产量呵！某某地方有多少亩可耕的土地呵！可惜——而今……"——于是再来一套议论。那么，对这古老的国家，也算尽了一份力了。

正在我抱着这么个雄心，研究别人研究过的满蒙问题时候，突然在房舱外起了几声沉重的断续的叫声。那叫声非常含糊，听不清叫些什么。仿佛卖糖粥的人，在深夜里，一声两声的短促地在叫。过后，茶房推开了房门，伸进一个圆冬瓜似的脑袋来问：

"先生，票买过吗？"

我这才知道那声音是在叫搭客们买票的声音了。我说："还不曾买呢。——能请史先生来一趟吗？"

茶房缩回"圆冬瓜"去后，门又阖上了。我仍旧看我的书。不一会儿史君穿着蓝色的上油的工作服进来，他跟茶房说了几句，照船上的例规，把我们称作了史君的亲属，弄了两张半价票。史君搓了搓手，仿佛过意不去似的笑了笑说："有空的时候，请你们上我那里去玩玩。"接着，他回头就走了。

但这时门外的嚷声来得更凶，仿佛有人扭在一起厮打。人就欢喜别人打架，自己站在一边冷看的。如果两方打得更凶更起劲，那看的人也就感到更欢喜，更痛快。有时，也许有人插下手去拉一会架，可是主意却未必真的要两方歇下手来。恰恰相反，是推波助澜，叫被拉的当事人，因了一拉更增一份勇气，两下里打得更凶一点。基于这个心理，我们就出去看一看。

"为什么用不了——为什么用不了？"一开门就送来那么个严厉的叫声。我们循着声音踱出弄口去。那叫的人正站在账房间窗口子外，仿佛跟窗口子里卖票的人在争执。

原来还没有打起架来，嚷却是实在的。站在那个人身边，还有两个宪兵，是护航的宪兵。那人穿的是跟宪兵不同颜色的灰色的制服，且还背有三角皮带。脸孔苍白而瘦削。一件黑呢短大衣，照实算，至少也有十个以上的破洞。他手里拿了张免费船票，狭狭的三寸长一寸阔的纸头，上面盖有不少的红印。

"这是上头发下来的呀！怎么用不来呢？岂有此理！"他拿着这纸头，昂着头，旋着脖子，四面瞧，仿佛要在这一群围着的搭客们中间求个公平的答复。

账房间里照例是默然。但总不扯船票给他。宪兵的一个，却跟他解释：

"是的，咱们并不是说你不是那个，不过，这是有命令的。你要免费，你不能乘房舱，占铺位，你既然……那你就得付半价——就是付半价，唔，你还要有护照，符号，唔，你有护照没有？……"

"什么——什么？"这回，那苍白的男子，脸上发青了。不等那宪兵说完，就抢上一步问。"咱老子在前线上拼命——打土匪！咱熬了不少的苦，挨了不少的风霜！冒了不少的险！咱老子为的是谁来？！还不是为了这肮脏的国家！做清道夫！你瞧，咱老子左腿上就挂过彩！这这这……（他卷起裤脚来看，一边仍旧说下去），这就是咱没那个劳什子，咱可不能乘趟白船！再说，再说，咱是假期满了！咱老子还要上前线去！这责任，咱得尽。咱知道，咱决不能空捱去一天两天！咱没个儿盘费，可还叫咱卖了老婆付船钱不成？"

他这么一说，那从船后梢统舱里过来的观战者们，全都拍手叫好了。但是护航的宪兵却还固执着他那意见，非他付清船票钱不可，再不然，他尽可搬出行李到不占铺位的过道上或别的空隙处去住。

"咱不管！咱为什么不能住房舱！咱拼过命——杀过不少土匪！别人可住房舱，咱为什么……"这苍白色的男子，气愤地这么说着，终于排开众人，回到他自己房间里去。不付票价也不搬铺位，砰地把门阖上了。

这时候，这账房间外，马上静下来了。我又向各个舱面踱去，从二层到三层。我才发现了搭客中间，原来有一半是军官和兵士，不过他们大都住在统舱里，或耽在上舱的走道上。他们虽然跟那批公民们穿着不同的服装，但还一样的褴褛，一样的肮脏。他们多的是一张灰色的破毯子，和一件灰布破大衣。但他们的脸子却更来得虚弱，抹上了一堆疲倦的影子。他们的眼光全是淡灰色的，仿佛一生不曾睡过觉。如果把下舱那一群比做被抛弃的泥土，那么这一群就是烧残的煤渣。泥土与煤渣原是同长在土地里的。他们正也同有土地的固执性，虽然他们像是从人生战场上败退下来，但瞧他们那种淡然的态度，生活给他们的苦难，他们并不在意。他们并不兴奋，但他们也决不短气！他们并不否定人生，但他们也没积极肯定的勇气，他们绝没有一般人所想像的蛮横，他们原也是被蹂躏与损害的。

这时舱上舱下还时时发着卖票卖票的叫声，跟那船的轮机的泼水声相应和。我们无目的地向各处巡礼了一会，中途遇到三轨史君，他请我们到他房间去。真是个精美的小房间，房间大小，仅仅二丈长一丈宽。靠里设着个高铺，高铺外有副绸质的帐子，临窗一张小桌，临门一张靠背椅。房间里泗汀生得挺暖和。

我们坐下后，史君问我到汉口作什么去。我告诉了他，他觉得非常欢喜，他马上跟我来了一套时事的谈话。虽然在他常常爱用些新名词的谈话中，我很不容易听明白来，但他的意思我是懂得的。他正如我自己一样，把这古老的国家里一切的措置、设施，以及过去的史迹，批评得一钱不值，且能慷慨地把一切人全都骂倒。看看所有的人与事物，都踏在自己脚下了，于是"前无古人，后无来者，念天地之悠悠，独怆然而涕下"，而自己便益发显出伟大了。但他不会想到，自己因之也益发显出了可怜。

吃了一杯牛奶咖啡，我们告辞回来。账房间外面过道上，又起了一阵纷扰。但已换了角色，一大群褴褛的公民，给几个强壮的茶房包围着。他们全簇着眉头装出一副要哭的神情，扁着嘴，抖着，挤着，仿佛要找个地缝钻去。但是他们终于避免不了这灾难，他们仿佛是拿上肉凳去的猪仔，一个个给茶房拖向窗子前面来。从他们灰沙结住的头发上搜起，搜索到上衣，裤子，直搜到破鞋底，只要发现了一两个银角或铜子，茶房便把那些钱，往窗口子一掷，再来换过新的搜去。那被搜的公民们，一瞧到茶房的手临到头顶，他便可怜地用手捧住自己脖子；茶房的手临到脖子，他便抱住自己上身；茶房的手临到上身，他又去抱住那发抖的腿子。直到自己的手没处放时，茶房也就一把推开了他，骂声："猪猡！滚！"这时，他才霎了霎眼，吐了口气，仿佛放下一挑重担，嘻开嘴笑笑，瞧瞧四边的人，胜利地扣着衣纽，回到原处去了。

但这一种搜索，一临到我们的女公民时，那就马上会扬起一大阵叫喊，她们如同临到暴徒强奸似的，死抓住衣襟不放。有的，却把衣角和衣襟一起抓住。这也许她们上船时，早防有这一着，把几个铜子或是银角子缝在衣角里。然而，她们这挣扎与喊叫，全归无用。所有的财物，还照例送进那窗口子去。这时候，她们只好挥着二脚规似的脚，一路叫着苦回去。但在她们心里，却也早已认定"坐船应付船钱"这一个天公地道的真理。叫了一会后，一样在她们灰沙雕镂的脸上，露出一星笑意。

这一切全显着我们毕竟是幸运儿。我打着口哨，回进房里去。

船过南京往西驶去，江面仿佛更平稳了。江的两岸也渐渐显出衰败荒凉的情调来。大概是久晴不雨吧，水位非常之低，这两岸就伸出一大块沙田，太阳照在那沙田上，闪烁得极其苍白。岸上零落的几株枯树，枝头挂着几缕死灰色的江草。搭客们中也有指说着这些，数说当时大水情景的。江水已去，江草犹记旧痕。这情景，对于一个身受者，将成为一种伤痛的催生剂吧。

那天下午，船到了芜湖。芜湖沿江一带，全是些破败的草屋。有的像淹毙的癞狗，倒伏在沙田上。有的如百衲衣似的，仿佛重新修起。——全显出大水的功绩。只有芜湖关公署，暗红剥落的洋楼睥睨一切，骄傲地耸立着，但也显出疲倦与老朽了。芜湖的码头上，小贩挑夫，全像秋后苍蝇，已没生存斗争的勇气，哄不起顶天的热闹。在他们叫卖与邪许声中，叫人感到荒凉与冷清。我们颇想上岸去看看，但恐船不等人，开了出去，那可再也没处打半价票，说不定也要剥猪猡了。所以就伏着栏杆闲眺。

正在这时候，突然有一条长长的竹竿子，直触到我鼻尖来。我仔细一瞧，原来那竹竿上还系着个小布袋。再往下看，这竹竿却是坐在几块破板夹成的小船上的一个老头子拿着的。那老头子，仰着脸，一脸的花白胡子。一手扳着破船的划子，一手提着竹竿，一声声叫着"老爷太太"，而用那哭丧的声音，做那"老爷太太"的尾声。这叫声便成为："老爷太太呀！噢噢噢噢！"或是"噢噢噢噢，老爷太太呀！"一种女人哭尸似的叫声了。这叫声，老实说，在我是无动于衷的。所谓人类的怜悯，全生长在别人的不幸或悲惨上。因之，懂得这乞讨艺术的人，便做些奇奇离离的悲惨的情景，去兑换别人的怜悯，求得他一份口粮。神圣的中国的土地上，就不缺少看到那种以额击地，砰砰作响，直至额角流血的行乞者；和那用极长极重的一条铁链，一端穿入脑门，横拖地上，边唱边走的卖街人。所以那老头子的竿子，任它怎么个晃呀晃的，我可没给他一个子儿。何况既成为驯良的公民，一切都应向上看的，向下看便很容易犯错误的。

但向上看是天，天平得无边无际，颇有淡然之感。究竟还是居高临下，向下看看来得有趣。我们还是仍旧向下看去。这时，我才看到那样求乞的人，原来不止老头子一个。在我们的船的两边，差不多全是那些破破烂烂的大小船儿。有的，却还是个圆形的大脚桶，中间坐着一老一小，和包在破棉袄里的毛囝。老女人仰着脑袋哀叫，小女孩伏在桶里磕头跪拜。有的船是破得不可再坐了，一边大声叫老爷太太，一边不住用瓢舀水，仿佛这一船的水是他们眼里流出来的泪。有的船是一块木板，扶住别人的船边，挤到我们大船边来，全像这大船会落下一阵铜子的雨，落到他身上去的。有的，没拿条竹竿子，船上只平展着一条蓑衣，让铜子的雨落下去时，不会转跳到江里。但无论他们坐的什么船，用什么工具要铜子，而老爷太太少爷奶奶那些个叫声，却是不约而同的。

这时候，仿佛有人动了怜悯之情了。在那三层舱上，就有人丢下铜子去。大概正也有人，以怜悯他人为可羞吧，在我身边一个摩登的太太，她仿佛早想向这一群人丢几个铜子的，以显示自己的存在。可是太显示了自己的存在，又仿佛跟她摩登的装束有碍。所以她终于没有丢下铜子去。这回她一看到三层舱上有铜子落下去了，她便赶忙从她手提包里拿出一把铜子，向那些系在竹竿子的布袋口，一个个抛去。这一来，下面的叫声，马上除去了老爷，光叫太太和奶奶了。下面的破船，全向这面挤来。太小了的或是太旧了的船儿，时时像要在波浪中翻了过去。那个圆桶里的小女孩子，磕头如捣蒜，也磕得更起劲了。这个摩登太太，见了这么情形，她便绷动"白粉共脂胭一色"的漂亮脸孔，格格地笑出声来，仿佛在赞美自己行善颇为得法。最后她终于把手提包里的所有铜子儿，全向那些小船上抛去。小船上立刻起了阵勇敢的生存斗争声。竹竿子纷纷倒下，小木板沉了下去，木板上的人半个身子没入水里，好容易扳住别人的小船，揉了上来，已经是个落汤鸡了。但这一来，紧挤在一起的小船，全都簸荡起来，仿佛全都要打下水去，底下就哄起一片喊救声。连叫太太的声音也没有了。而我们的摩登太太，以及凭栏眺望的闲杂人等，全都发出有生气的轰烈的笑声，且继之以热烈的拍手，剥去了怜悯的外衣，出现了一副取乐的心肠。人就是乐于碰见别人的不幸与悲惨，以善行装饰怜悯，兑取别人的感激，以显示自己的伟大的。但这又是非驯良的公民的想头了。

第三天午后，船正向九江进发，我们宕到船头去看望。太阳照在棕色的船头脚板上，反映出猛烈的光芒。人站在这里，仿佛浴在光海里。江风静静地吹拂着，微微地柔和地掠身而过，如同呵人发痒。江面作橙红色，船身驶过处，激起两股激浪；浪头卷立如狮，给太阳映成银白色，益觉那怒狮毛发森然。但如此后浪催前浪，浪头相撞处又砰然作声，如碎了玻璃，声音空灵可听。天空一碧无际，薄薄的仅有的几片浮云，给阳光映成几条银丝。空中是一片恬静。没有鸟声，没有鸟影，颇叫人感到些欠缺。

三层舱上把舵间里，穿黑制服，戴白边呢帽的驾驶员隔着玻璃显明可见，他那副留心工作的庄严相貌，叫人顿起敬意。左边有块踏板，围着铁栏，伸出船外。有个水手，时时用一端系着铁锤的长绳，向江中抛去，一边抛着，一边发出一声叫。但听不清他叫些什么。在他旁边，也站着个驾驶员。每次当他收起绳子时候，仿佛要在那绳上找一找水痕，那驾驶员就给记录下来。我这才知道他是在测量水位。

我们在船头上足足站了两个钟头。回舱时，正是统舱开饭的时候。几个穿蓝布短褂的人，把盛饭的竹箩一扛到梯子跟空隙处，船上各处立刻起了阵骚动。那些褴褛肮脏煎风熬霜的搭客们，本来是在太阳光下静静地取暖，仿佛死笨的木偶似的，这时全都活动起来了。每人手拿着一只黄瓦碗或绿瓷碗，一副竹筷，急急地冲上前来，惟恐挤不上去，全身索索发抖。梯子口这时马上筑起人墙。女搭客们则还发出尖利的叫声，叫别人让路，可是谁也不会顾怜她们，照例还是自己装满了一锅一碗后再说。但说也奇怪，无论人怎么挤，沿饭箩一圈，却还是空的。这因为在那饭箩边除几个蓝短褂的人以外，还有一个穿棕色大绸长袍的先生，一边抽着香烟，一边在监视着，他们如其稍有不安分之处，把饭拨在地上，或碗里锅里的饭盛得太多了的时候，那蓝短褂们碗大的拳手和大刀似的腿子，就会落在他们身上。同时那穿棕色大绸长袍的先生，也会铁青着脸，大声斥骂起来。在这时候，那挨在前面盛饭的搭客，就会自然而然停下手来，仰着脸，瞧着这几个人，脸上勉强地装上一些逢迎的苦笑。仿佛在探询那主人们意思。直等他们神色稍稍和缓，才敢再伸下手来。这叫人想起了荒年歉岁那些待赈的难民的一副可怜形貌来。

是的，这不是搭客，这是待赈的难民。他们一盛到了饭，他们马上给高擎到嘴边。一边闻着，吃着，一边走去；但走不多远，他们就站下来，起劲地吞了。因之，这临梯子口地面，益发显得挤拨不开了。

他们吃着饭，大都是没有小菜的。顶多也只有隔夜的一片萝卜干子，或半筷红腐乳。然而他们一样地吃得挺香甜。这么的挤呀挨的，约过十五分钟，那饭箩边人手，就显得疏朗了。长袍的先生和蓝短褂们就吐了口气。同时，一连串"猪猡，灰孙子，死老太婆"的骂声，也越来越骂得干脆了。

这个大绸长袍的先生，看看我老站在旁边不动。仿佛在某种情形下叫他感到惭愧似的，回过他那睡眠不足的白削的脸来，抹一抹眼睛，用宁波腔调对我说：

"没有什么可说的，统统是饿死鬼。这个年头儿，做买办真不容易，不贴本可真稀奇呢。是什么狗屁倒灶的乘客！从这个码头上来，骗吃了几餐饭，又打那个码头下去了。"

他这么一说，那蓝短褂的一个，也插上嘴来。

"猪猡！统统是猪猡，天打杀的，把饭泼得一地面！"

这一来，我也搭上嘴去。

"那么他们老是乘在这条船里吗？"

"不。"那大绸长袍的带笑地说，"谁会那么呆呀。——他们可聪明啦，他们从南京——比方说，从南京——跳上这个船，来到汉口，他们下了船，就找下水船，又乘下水船到南京来。他们这么的来呀去的，就骗到饭吃了。反正他身上没个子儿，让你捉来剥猪猡吧！"

"那么，这都是公司的——比如像你们是招商局的——损失吗？"我还不明白地问。

"哪里？局里？局里损失个卵！还不是咱们当买办的。而且那些人，一样怕外国人，怡和，太古，日清那些公司船上，就没他们影子啦！唉！"于是来个长长的叹息，"这个年头儿，当买办是瘟生！货色少，水脚收不起。乘客呢，你看，又全是些瘟神临门！像你先生乘房舱的，有几个呢？……"

这简直是根刺，我马上红了脸。也许他未知道我是跟别人吊上一条生殖器系统，才乘得半价房舱的。但我还装作大模大样的安慰他：

"那也许是不经常的事，因为去年发了一次大水。"

"吓，不经常？发大水，那也许是。"他说着用左手拈着下巴，"不过那土匪，也实在太多了。三四年来打不干净！咱们船儿还让这样开来开去，总算是邀天之幸，要不然，便在随便哪个码头上停你一两个月。"

"这可是为着什么呢？"我怀疑地问。

"为什么？"那人四下里看了看，向我耳边凑上嘴来，轻轻地说，"候差呀！——当差船去。又是为了那些死不光的土匪。"

正在他这么小心在意说着的时候，突然在我左近发出一阵老太婆的杀猪似的尖叫声。我回头一看，那老太婆，花白的头发，披散了满头；她那黄花絮破落落的棉袄，给一个蓝短褂的一手抓住。同时，她那风干露骨的手里的饭碗，也给那蓝短褂的夺了去，给抛在饭箩里。接着，那蓝短褂的，仿佛过不去，重把碗拾起，空了空，交还她，但又随手把她推了一把，她马上歪歪斜斜的跟跄几步，给推得老远的，投在别人身上，险些儿没给摔过栏杆掉下水里去。然而旁人却看得非常高兴，全都发出高低不等的笑声来。而那个穿蓝短褂的，也胜利地显出帮忙者的得意脸孔，看看旁边站着的长袍先生，同时也看看我。

"不是呀！"他一看到我，便马上用扬州腔的普通话解释道，"不是我不让他们吃饭呀！这猪猡，全没好良心，吃饱了饭，还不够；还想藏一碗起来，留在半夜吃！中国人，就是那么不长进，没出息。全以为别人家东西没有自己的事，糟蹋了些，也不打紧，哪里还想到别人家也是用雪白的银子兑来的。你看这死老太婆，良心多狠！中国人良心不好！所以中国要亡！"

他说着说着，别人的眼光全集中在他身上。但他全不理会，兀自下了个这么惊人的结论。在他，大概早已估量出我的身份，跟他一样，是个帮忙或帮闲的同志，所以故意下了个那么着实的结论。好叫人不得不承认他这一手，是来得颇为公平，而且带有爱国意义的。而我呢，正也有他一份聪明，料透他这份心事，赶忙给他点点头。于是那个棕色大绸长袍的先生霍霍的发出一声笑来，仿佛在夸那个蓝短褂的推得恰好，而我这点头，也颇为得法。——这才叫国难家祸兼集一身的志士，不禁冷了半身。

回到自己房舱里，那个圆冬瓜已端着饭菜来了。

到汉口是第四天下午。首先映进我眼里的不是黄鹤楼，不是汉阳兵工厂的烟囱，不是江汉关巍峨的建筑，更不是阴阴的与煤烟相纠结的江上的晚云，而是横在武昌一边，那江堤下面，那江水退去的滩上，破碎的小船壳和低矮得如同鸡埘那样的草屋。起初，我一眼看去，全以为是那些灾后未曾收拾过去的尸骸的草坟。过后，我看到那里也漂着带有生命那样的东西的黑影子，我才知道这是中部都市文物荟集之所。

船并了岸。码头上十分纷乱，跟南京相仿。我默默地跳上码头去。一排三十多个武装同志，沿跳板成队的站着，非常威武而且严正。我起初总以为有哪个要人跟我们同船而来，他们到此迎接。因为一个公民上岸，是毋需迎接的。可是过后，他们叫我打开手提篮搜查一下，再交给我一张纸头，才知道是这么一回事，不禁失笑。

上岸那里，又有几个武装同志站着，我把纸头交给他们。于是我才得从他们身边挨过，到了汉口的地面。

我们驱车到德华里旅汉第二公学。旧友杨女士迎了出来。款坐后，相互道着别后的遭遇，不禁凄然。但没落的影子，已经很明显的堆在各人的脸上了。杨女士是我二哥担任公学校长时从上海聘来的。那时她正遭遇了不可挽回的悲凉运命，失去了她最爱的丈夫。可是现在呢，我却转来听她诉说我的二哥来此时，被大水包围，困住楼上十日，待水落返沪，如何死在医院里的种种情形了。

过了一个礼拜，我稍稍静顿下来，写信给沪上的朋友去：

朋友：

我仍旧想回来呢。不用说这里的事，是又起了问题了。但这里的一切，看来益发不能叫我寄生下去。——我们原来不过是寄生虫呵！

上海虽说一年年不景气下去，但它毕竟是宝塔的顶点，有全国的农村与都市给它做支柱。这里呢，竟是完全空虚了。它没有农村，没有土地，它仿佛是座悬在半空里的幻城。——其实却是座死了的都市，包围在它四面的，是喊饿的难民，是没王法的土匪，是骷髅与寒鸦，是一个"四大皆空"。

然而，这里的市民——那未死的游魂们，到底做些什么呢？我可用三个字说完：烟，赌，饿。烟膏店的多，大小烟馆的多，死黄色的脸子的多，那是不能用数字计算的。赌呢，大都是集中在旅馆里。这里的市民顶体面的事便是开旅馆请客。旅馆是他们这将临死亡的灵魂们的寄托处。至于饿，那可不用我说了。沿街沿户，全是些就在这严冬冰雪天也还破衣不周的跣足露腿的鬼影。他们几乎跟脚下的灰沙一样的多，叫初来此地的人，开不得脚步。同时，他们比脚下的灰沙还要下贱，随时倒毙在路上，弄口，连抛一个眼光给他们的人都没有。他们那聊以度日的，是用糠跟垃圾堆里人家倒掉的残饭冷汁拌成的糠巴。日来吃这糠巴死的人，不知有多少。但还有连糠巴都没得吃，撕着衣角，啃着报纸塞肚子的。最冷的那天，据慈善家施出的棺材来计算，已经在四百具以上。但这些棺材搬出时可没有一个知道国难家祸兼集一身的弟弟为之挥泪出送了！朋友，这么想来，我们还有什么理由，为了自己要活，想出种种的借口来呢！

朋友：这里的一切，是写不完的，留待将来吧。但"死"却是这里的总结。我住在这里，仿佛每天活在《新约·启示录》所说的那种情景中，叫人不得不叫出巴比伦呵！巴比伦大城倾倒了！倾倒了！成了鬼魔的住处，和各样污秽之灵的巢穴了……他的灾殃一齐到来，死亡，悲哀，饥饿，他又要被火烧尽了……然而，朋友还是忍耐着吧！我也忍着！相信光明呵！正也如《启示录》所说："不再有黑夜"的日子总会到来吧！我还是不顾回上海呢……

自　传

说老实话，我是无意于写这篇自传的。这理由，就因为我并非是个作家。即使偶有文章发表。大都是些不成材的东西。文既不足传，又何以传人。

我是浙江人。清政府派李鸿章、奕劻和各国公使订立《辛丑条约》那一年，我在浙东一个偏僻山乡里出世了。"天不仁兮降乱离，地不仁兮使我逢此时。"在我呢，真可谓带着一身国耻以俱来的。

父亲是务农的，但也兼做竹木生意，兄弟三人，我居小。

从七岁上学到十五岁为止，不曾离开过这小小的村庄。在乡村小学里，足足读了七年的书，读过《孟子》《中庸》《大学》《论语》《左传》《诗经》，但也读过《三国演义》《西游记》《岳传》。乡村小学里教师，有前清进过学的，有中学堂毕业的，但也有是"白墨"的（所谓"白墨"，是既非秀才童生，亦非学校出身）。而影响我最大的，却是那位"白墨"先生，直到现在他还在我乡小学里教书。

那位"白墨"先生，善讲文坛掌故，尤能作诗。比如咏丈红花，他便能作出如下妙句：

"叶似南瓜茎似麻，今朝次第开红花。……"

真是诗中有画，画中有诗，使我十分佩服。希望自己亦能作出如此出色的诗。于是《孟子》读得更起劲，《左传》句解读得更熟。

父亲却善讲故事。《西游记》《三国演义》是"拿手好戏"。十岁时，父亲病肺咯血，在家闲养。在大烟灯前，在黄昏人静时候，常与村中"破靴"，娓娓谈论唐僧，刘备不倦。然一当父子晤对之时，则便将自己如何在大家庭下游手好闲，分居后如何辛苦耕作，以及稍得温饱后，如何得二伯信任，委以乡党公事，缕缕细述，详为描摹，以训教我们。

然而在我十五岁那年父亲死了。我应学耕学商或是读书，父亲还没有给我决定。那一年，真是我最大关键。

二哥仲隅实为引我到现在那路上来的"第二父亲"。在困难的家庭经济下，在大嫂反对我读书的情形下，母亲是毫无主张了。在师范里已经读了一年书的二哥，却毅然决然要我跟他一同进去。

五年的学校生活，我毫无所得；所得到的却是自家二哥那一份精神。我在《一个平凡人的传略》（发表在《武汉文艺》上）里那么说着：

　　……一天中，也不急急于抱着课本，但一学期内，也没有把课本抱在脑后；知了个大概，也就所谓知道了；不知个大概，却也要从头到脚看一遍；于是伸伸脚，穿上球鞋，抱着皮球到小教场去。

　　一脚踢去，是高球；高过了天宁寺的钟楼；但没有高入云霄。攻城门，并不针对目标，只求球到脚边，踢去；不管打在别人腿里，或门柱上。接着跑过去，跑遍了球场，没有一刻停止，但没有一个旁观者为他喝过彩。然而他不寂寞，他以全队的胜利为胜利。

假期，回家，闲着了，然而他不肯闲。姑丈有马，堂兄也有马，他要骑马。不必定要马鞍，他也要骑着试跑。从街头，过桥，渡水，到田野间一条康庄大道上，来回地骑着跑，在夕阳影里。

从马背跌了下来，便立刻站起，拍着衣上的尘土，牵了马回来；好像没有这么一回事。

家里有枪，他从后门拿出，上了药，放好铁沙；便向白石滩去，打水鸟。

水鸟小，在他枪口上只缩作一小黑点；他放射了。水鸟在水上拍着翼飞，似乎受伤了。他脱下鞋，向溪中涉去。芦苇警告着，水鸟飞去了，飞上天。他立在水中向天望，青天中一点黑影。他笑了一笑，回到滩上，穿好鞋，背着空枪回家了。他似乎有所获得了。……

这一份精神，实是影响我二十岁后做人的态度。直到前三年，他因为腹膜炎死在上海了，我也把这份精神消失了。

至于我的职业，做过中学教员也做过小学教员。小学教员，自二十岁起继续做了四年。那些学校有的是义庄：有的是牛栏改造的，有的是孤儿院。学生大都是贫苦人家子弟。

研究新文学，是二十一岁起的。所读新文学书籍，大都是文学研究会出版的。给我最大的指导的，是最初编《文学旬刊》后来编《小说月报》的郑振铎先生。但因为这国家，这民族，毫无出路，其间也曾抛开过文学，趁着热闹跟着一班青年，到所谓革命策源地的广东去过。然而结果呢，是在广东河南的敏土厂里背了一年多皮带。现在回想起来，那时候自己对于革命的心理之单纯与幼稚，确然是可惊的，然而也值得留恋。

此后便在沪甬间当中学教师，很少作文章。

去年，才又稍稍动笔写些东西投向各杂志上发表。但还是一句话可以了之："不成材的东西。"

浮罗巴烟

在直落港中段那炭窑里，我们和送行的任生告了别。一条小汽船沿港向东北驶去了。直落港实际就是在萨拉班让这个海峡里。萨拉班让意译即是"长海峡"，和勃罗威尔海峡，孟加丽斯海峡是一气贯通的。

我们的目的是老坄。那是和浮罗巴烟这个市镇距有五六公里的一个乡村。我们在任生的园丘里，已经闲住了四个多月，现在已经是八月中旬了（一九四二年）。日本法西斯占领了苏门答腊，也已有五个多月。"秩序"在逐渐恢复，我们深深感到也应该做点事了。胡老叫人带来了口信：回国的希望是没有了，应该做长期打算。这就须做两件事：第一是设法解决自己的经济生活，隐蔽下去；第二是学习印度尼西亚语言。不仅是为的利于隐蔽，而且是为的迎接印度尼西亚将要到来的革命。但我想，如果要做到这两点，只有在可能范围内参加当地的反法西斯斗争。"隐蔽"在群众的斗争中，这是作为一个革命者的任务。小雷也早已潜伏不住了。于是决定去老坄，找那替胡老带信来的朋友老吴。

海峡是越来越大了，这告诉我们已航过了萨拉班让，进入了勃罗威尔海峡。海峡的两旁永远是青葱的，长着繁茂的麻胶树。在岛上看过去还有未经开辟的原始林，巨木参天。任生曾告诉过我一个故事。在那里多长一种桂皮树。这种桂皮树，当地人是把它的皮剥下来染渔网的。也有销运到我国当药材的。这是不是事实，我也难于证明。任生说，在那原始林中有一种"大蛇"，像倒下的柱梁那样，横躺在地上经年不动，连背上也长满青苔了。有个印尼农民去那里剥桂皮，累了，他休息在一条倒在地上的长长的生苔的树身上。可是当他坐下来把"拜仑"刀砍在树身上去的时候，竟怎么也砍不进，但那生苔的树身却拱起背来了。那农民一惊。细看之后，才知道是一条大蛇。他吓得拔步飞奔而回……我这时在船上想起了这个故事，不禁为印度尼西亚人的艰难困苦的生活而伤心。然而，仔细一想：为帝国主义所蹂躏，大自然既未获得开发，人民没有生活的空闲，求活于自然，以生命与莽莽的自然搏斗，绵延这民族的力量，这是何等英雄的事业！这样的人民是不可能战胜的。——我的心怀也就此开朗了。

在勃罗威尔海峡的东北部，峡口更大了，看来已成一片内海。这里是三股海水汇集的地方。另一股是巴东小海峡流来的，再另一股是孟加丽斯海峡流来的。三股海水相冲激，这就使海峡中的海浪不断翻卷起来。浪峰像雪山似的掀起，但又像冰山似的倒下去。小木汽船就在这浪峰起伏中前仰后合地翻筋斗。小雷晕了船，呕吐，简直不能动弹一下。而我似乎还不感到什么。同时，我还看到海水中间。时时翻卷起像灰白色大母猪一样的动物。它乘着掀起的浪峰卷了上来，又随着泻下去的浪脚隐入水底。我正惊奇这奇异的动物，引路的旅伴告诉我，这是和尚头鲨鱼。他还说，在这海峡上就多这种鲨鱼，是要吃人的。行驶在这里的，大都是"伯劳鸟"小划子，木汽船是不多的。看来很容易为鲨鱼掀翻，滚入海里去。但船夫们知道：只要划着桨，击着船边，发出橐橐的打击声，鲨鱼就惊走了。——人就是那样的一种征服自然的生物呵。

引路的旅伴还指点着海面的方位。说远处是孟加丽斯岛，我们靠行的这个岛，叫"波罗巴东"。一提起波罗巴东就引起我的回忆。二月间，胡老他们一行，包括达夫在内，在萨拉班让市镇上同我们分手，原是想西上西苏门答腊，经由巴东而去爪哇的巴达维亚（即今日的雅加达）的。可是到了孟加丽斯，为那时也算是参加了反法西斯阵营的荷兰官吏扣留下来了。等到日本法西斯于三月十四日占领了苏门答腊的首府棉兰，却又通知他们可以启行了。而这时，交通已经断绝，关山阻隔，欲去无从。他们就赖华侨的掩护，住到波罗巴东的一处"木廊"里。"木廊"也是华侨在印度尼西亚的一种中古式的经营。它是以砍伐原始林，锯成建筑器材的木厂。有多少华侨劳动人民在那种奴隶一样生活中，流血、流汗而至于只身独自悄悄地死亡了。我遇见过受过这压迫剥削而成为白痴一样的人。我也听到过怎样被骗，实际上等于"买猪仔"而被卖身到木廊来的，辗转辛苦一生而悄悄地死亡的故事。胡老他们隐蔽在那里的时候，听说是经常吃着自己烧的夹生饭。晚间为如雷一般嗡鸣着的蚊子大军所围攻，他们就躲入帐子的"城堡"里。他们坐在其中，点着一盏豆黄的椰油灯，静静地看着书，说着话。他们就这样过着一段幽闭在地牢里一般的日子。现在，他们已西上了，住下在巴雅公务。我们也将西上去会面了。想到未来的会见，心情又为之一畅。

可是小木汽船行驶了好久，天色已朦胧了，而老坅在哪里呢，连司机也迷失了方向。竟有茫茫大海不知何所之之慨。回顾靠南的大岛的沿岸只见一片郁郁苍苍，看不到一个渔村，一间茅屋。我记起深山迷路，可听流水，而海岸迷路是否有什么标志呢？引路的旅伴马上说，看哪里有椰林，就往哪里驶去。老于印度尼西亚的人是知道的：凡是印度尼西亚的村子，必栽有椰子树。我也从书上看到过，说椰子树是印度尼西亚人民的圣树，为古代印度尼西亚人民所顶礼膜拜的。确实，椰子树是给予印度尼西亚人民以全盘生活的资料。椰实可熬油，也可酿酒；而椰干也可当饭吃；椰树的叶子可盖屋；椰树的木条可铺地板。现在的一些穷困的印度尼西亚农民，还有以椰叶遮身当衣服的。司机在这一指示下，终于望到椰林了，而且还看到炊烟夹在苍绿的树顶上，冉冉地上升出来——真是喜出望外啊！

不久，我们的船濒岸了。当地的一位华侨领袖迎接我们上了岸。把行李搬到他家去后，就把我们安置在一家华侨小学校里。老吴的一家正住在那里。相见之下，都感到在各自把命运交给不可预测的流浪生活中而终于获得了再见的那种温暖和喜悦。老吴说，应该谅解华侨领袖的苦心。在这日本统治下，收下像我那样被称为抗日分子的人，对他是不利的。学校解散了，屋空了，有过路的华侨在那儿住宿，这与他就不相干了。

这老垅大概是属于浮罗巴烟县的，是个靠近原始林的乡村。居民中有的常在夜晚出去打野猪和老虎。据说，老虎也常常从丛林中出来，抓倒居民的羊栏，把羊拖吃了去。我也曾看到过华侨居民在夜晚点着树胶缚成的大火把，成群聚啸着去打老虎。他们之所以敢于这么做，据说，老虎是最怕火光的。但在我们住的三

个多星期中，却没有见到他们打到过老虎。只有一天，我们从华
侨猎户中买到一只山猫，有小狗子那么大。几个月来，我们都是
茹素的人了。山猫的肉也成了我们盘中的珍餐。

说是乡村，却也有几家小店，并且还有印度尼两亚的小贵
族的好木屋。这木屋的一间，开着布店，出卖着五颜六色的各式
"纱笼"布。看来，小贵族也兼营商业了。印度尼西亚的乡村并
不是住屋毗连的。大都是在树木耸立的场地上各自搭着一所屋
子。住屋大都隐没在树林之间。也没有什么街道，如果没有华侨
为他们开辟个街市的话。而这里的华侨，则大都是猎户和农民。
为了不愿"嫁祸"给他们，我们也绝少和他们往来。这生活真有
点世外桃源之慨了。

老吴他们还告诉我一个故事。离老垅不远的一个村庄上，
达夫曾经在那里住过。达夫不愿久住在波罗巴东的木廊里，就渡
过海峡，住在那个村庄上。达夫身穿着一套纱笼，住下来又将怎
样掩蔽自己呢？他于是从浮罗巴烟，买来一些瓶瓶罐罐的香烟，
糖果之类，一一摆列在一所木屋的前廊上。自己就像日本人席地
而坐似的，盘坐在这一列瓶罐的后面，当起个"烟纸店"的老
板来了。那时，达夫还不知道印度尼西亚语，只知道"塞都"
（一），"杜埃"（二），"蒂加"（三）几个数目字。顾客来
时，就指着瓶罐要货，而他自己就用简单的数目字讨价。但达夫
出现在这村庄的居民中，总是个特殊人物。各人都以善意的惊奇
的眼光，看着这个中国老阿伯，却很少下顾他的生意。这样，达
夫就净打着跌坐地，变做入定的和尚，守住这一列瓶瓶罐罐的
"佛像"了。但有时，达夫也并不老斯守这瓶瓶罐罐的，而是漫

步到几公里外的浮罗巴烟去。他进入小酒肆去买醉了。我在任生家时，也听到过这传说，很为达夫不善于隐蔽自己而担心。我曾拟书柬一诗，未曾寄出。诗云：

两间寥廓一达夫，
买醉浮罗有是乎？
酒后归来仍入定，
莫把头颅换葫芦。

盖深恐外人识破达夫葫芦里卖的是什么药而被日军抓去，抛却这个头颅也。而现在，达夫则已西上，落住在巴雅公务了。重听这个故事，倒颇感到流浪生活的别有风趣了。

胡老带来消息，要我们西上巴雅公务。因之，决定去浮罗巴烟，同一位姓寇的侨商联系一下。渐行，村乡逐渐开阔。浓密的深林少了，平原一一展开来了。在平原上，那椰子种植园也出现了。我总觉得印度尼西亚的椰子树是很可爱的。孤标挺立，直上云霄。这象征印度尼西亚人民的性格：秀外慧中，元爽坦白。我也爱祖国的老松，落地生根，盘旋曲折，郁勃苍苍，强劲异常。这象征中国人民的性格。我看着椰林，想着松林，不禁为之神往了。只看那椰树梢头，果实累累，可以百计。老吴的弟弟告诉我，在那些嫩椰实上插着竹筒的，是取椰酒的设施。椰酒也是印度尼西亚人民喜爱的一物。在一部印度尼西亚的历史小说叫作《黄金时代》的书里，常有国王爱喝椰酒和用椰酒飨宴嘉宾的描写。这种酒名叫"多亚"。其实是一种槟榔椰子做的。那果实累累如葡萄，不同于我们一般所看到的椰实。在一册《巨港历史》书中，记载着一群浮海而来的人们，在那里建立了室利佛逝王国，这群人们首先从海外移来了槟榔椰子的种植。有人说，那是印度来的。这是我在以后涉猎了印度尼西亚的书籍才知道其中的分别。当时，我只吃惊于高树上怎么可以榨酒的事实。

走过了一个小小的村庄，在转角路上，有一所紫木色的板屋。屋子空无人居。屋子前廊向外伸展，仿佛乞旅人在那里休憩似的。老吴的弟弟告诉我，这就是当时达夫设肆求售的故居。我不禁有茫然之感了。人去楼空，不见燕归来。达夫，你飞翔高空的燕子，是否感到今天有天罗地网之苦呢？

到了浮罗巴烟市镇，才知道它是在硕顶河口上的一个小埠头。看入镇处写着浮罗巴烟的印度尼西亚文，才知它就是"埠头"的译音。这市镇，较萨拉班让是要大得多了，但格局几乎一样。临河的一条街道，几乎都是华侨商店。在一头上，有个鱼市场，有华侨商人，也有印度尼西亚的鱼贩。在另一个旷场上，有印度尼西亚人的"巴刹"。"巴刹"即市场。其设置，如中国的庙会。它不同于华侨商店，楼屋毗连成街。而大街之后，则为印度尼西亚人住宅区。这又同萨拉班让同一格局。不过较之萨拉班让是要繁盛得多了。

浮罗巴烟是西上北干巴鲁的必经之路。过去大概是硕丁王国的属地。在十五世纪，硕丁王国与麻六甲王国通娴，也颇为强盛。这世纪初，荷兰人以马来语为印度尼西亚通用语，据说即以这个为廖岛州所属的硕丁语言为标准的。在浮罗巴烟的印度尼西亚人住宅区，房屋已不是很简陋了。我还在那里看到一所学校的建筑。整个住宅区的建筑，看来是民族结构之中添上了一些"欧风"。华侨市街的建筑，则多半还是中国风的。

我们找到了寇家，主人热情招待。言谈之后，才知道寇君是福建的旗人。本来是小学教员，几年后改行经商。这几乎是不少国内去的知识分子经由的道路："教而优则商"。那一晚上，寇君把我带到一家华侨布店的楼上住宿。我们在那里碰到一个也来借宿的印度尼西亚青年。大家盘坐在地板上，也就扯谈起来了。通过老吴弟弟的翻译，知道这青年是这家布店的行贩。他是把这里的货批了去，到乡间去贩卖的。他表示非常羡慕中国人会做生意，而又生活富裕。他深叹印度尼西亚人的"愚鲁"与贫困。他告诉我们一些故事，在很偏僻的乡村里，总有华侨的"吉兰"（杂货店），出售洋货，收买土产。而住在荒江深林中印度尼西亚的甘光（乡村）人，很多是不识字的。他们也不会计数，十个数目以内，用手指计算；十以上的数目就得排列火柴根子计算了。他们生活困难，常常是寅年吃卯年粮的。那些甘光人的一生就是拉不断的线练似的偿不完的债呵！他说到自己也在这种形势逼人之下，不得不为这家主人当行贩，以求得半饱的生活。……

我听着，心沉沉地重了。我知道，那些在乡村开小店的华侨，也大都是从中国流亡出来的劳动人民，在殖民主义的政策下，他们同样也是受剥削和压迫的。谁能在资本主义的经济网罗下开辟不同的生活道路呢？他是否看到这个真理？接着，他还说，现在荷兰人是赶跑了，却来了日本人。曾经一个时候，日本人怂动印度尼西亚人，抢劫华侨的商店。但现在，日本人要安定市面，要做生意，还得靠你们华侨呵！——这就可见，华侨的商人还一样受到帝国主义的经济掠夺的法则所支配。何况，在印度尼西亚更多的是华侨劳动人民呵！

"你们也是做生意的吗？"他忽然追问起我们来。

"是的，是的。"老吴的弟弟为了隐蔽我们的身份，马上回答说，"同你一样，也是来批一些布去贩卖的。"

"这位老人家呢？"他指着我问。

"唔唔！"我只好作无言之答了。

这青年是那样精瘦，那样棕黑。两只深黑的眼睛，发出晶绿的光，看住你，火灼一般的烧痛了我的心。是什么东西把我们的人类的友爱隔离开了呢？在我这几个月的流浪生活中，我也常常为华侨劳动人民的命运而伤心，而这时，我对着这么个印度尼西亚的青年，却升起了难言的不舒服的心情了！因为，印度尼西亚人民和中国人民肩负着共同的命运呵！

几乎一夜不能入睡。但那个印度尼西亚青年却已鼾声呼呼，进入梦乡了。但愿他有个幸福的梦，有一个解放的梦！

第二天，匆匆返回老垅的学校宿舍：我和小雷相商之后，我们准备三天后西上了。

从前有过职业

现在是失业。但勉强说有职业也可以，那就是"卖文"。

从前有过职业。当过小学教员，当过新闻记者，当过中学教员，当过军佐，不久以前还在一个大部里当过小科员。

当小学教员，是在五四以后，那时实验主义盛行，小学里全讲究设计教学法。这确确实实叫我演了不少猢狲戏。一个大猢狲，带着一群小猢狲，这么的那么的一天演到晚，倒也十分快乐。然而也有不免皱眉头的时候，那就是碰见了学务监督一张阎王似的脸，跟一张剪刀似的嘴。至于年关不易挨过，那又是每个当小学教员说不出的苦楚。否则，一说出来，便会亵渎神圣事业。

当新闻记者，在国民党改组那年。生活颇富浪漫性，适合青年人脾胃，活泼而有趣；但时时有脑袋搬家的危险。这因为那时是军阀时代，据说言论并未自由。

当中学教员，是五卅惨案以后。职务是教务主任。全校教员，统是几个同志。一切教育行政，全都公开，师生打成一片，学生成绩斐然。这一年，是我一生来，顶有趣，顶有意义的一年。但当地绅士——现在大都做了官——说我们以办教育为名，办党是实。借了当地军阀势力，把我们赶跑了。

于是到广东做军佐去。——这工作，太机械，太束缚，不很适合个性。但为了革命面上，居然也住上了一年。上海克复后。这个军佐，便"解甲归田"——重做了一年多中学教员。

这回，做中学教员味道可淡了，而且也有点苦。这自然不关职业本身，而是自己心理上有点小别扭。一年后，便唱"去国行"。到日本住了些时。

回来是在职业单上剩个空白。说是失业，仿佛又不是；说是有职业，那也近于讽刺。拣个时髦名词是流浪。实际呢，是吊儿郎当的过活。

"一·二八"以后，在湖北当了半年小学教员，半年中学教员。当中学教员时，因为七个月不发薪须组织跪哭团了。自己膝盖不很坚实，只好溜之大吉。——于是靠赖同乡力量，在南京弄上一个小科员，飘飘渺渺的过了三年。这味道，说不出苦，也说不出甜。而是"白开水"——一嘴的淡！原因是失掉了"自己"。对上既须有一副工架，对下又须有一副气派。在失掉自己中养活自己！

但说实话，既要空闲，又要钱多，则任何职业不如做官。即使小科员也值得。不过有人欲走通此路，请记住以下三字诀：交，拍，压。即交友、拍马、压迫属下是也。

悼高尔基

从此听不到海燕的歌声！

逝了！

像一颗陨落的流星！

当我读到高尔基氏逝世的消息时，我的心里就那样低低地叹息着。

固然，我们可以想一切哀悼伟人死去时用以自慰的那种宗教的术语，"高尔基氏精神不死！"来哀悼他，但憎恶那种宗教的虚伪的高尔基氏，我想是绝不接受这样的哀悼的。寄托精神的肉体既然死掉，那么精进向上的精神，便无从发展，这无论是一种如何重大的损失，高尔基的伟大是在他能于平凡的劳动者中看出英雄来。他那艺术上的无比的成功，我们已经无加以论述的必要了，我们仅从他把人类的伟大的使命，赋予这些劳动者负去这一点上看，已经觉得他那作为作家的世界观的正确，是历来文学史上所没有的。他以他的世界观，教育了万千的读者，使他们都有了新世界的憧憬。尽了他那创造新世界的任务，这又是如何伟大的工作。

固然，高尔基氏所走的路，不是没有错误的，尤其在第一次世界大战以前，列宁对于他信仰宗教，有过深刻的批评。写作带来的成功绝不是一道线的。错误正是他走向正确路上去的一方面条件。

他在一九二八年九月，从克泼里岛养病回到莫斯科后，益发"老当益壮"地参加了文化建设。我们在他这时期所写的关于文化文学的论文里，更明确地可以看出他精神焕发的雄姿。他决不隐蔽社会主义文化建设中的种种缺点，他都一一加以指摘与批评。他同时也指摘自己剧作法的错误，而反指出批评家的盲目瞎捧。他不以人废言，指出苏联批评家不应该因密尔斯基指摘法捷耶夫某篇小说的劣点而妄说他为英国贵族出身，无批评资格。他又为苏联一位青年作家运用语言之不精当与《铁流》作者做过热烈的争辩。他指摘旧人道主义者之与封建领主及教会相连结，而挑破他们的虚伪。他盯着法西斯，以及生活于几代人苦恼之上的一切人，投以无限的憎恶的新人道主义。他又批评苏联青年作家那种不可一世的夸大的气概。他最后，却又大声疾呼：要一切作家向自然之盲目的事斗争，而转变了过去文学上一切视为永久的恋爱而死等的主题！但这一切正有赖于他的指示而完成，而他真死了！这损失，怕不是限于苏联的吧！何况他的一书作品的成功，是早已超越国界而存在的呵！

斗室随笔

——斗室主人

一

　　二十多年来，生活在老家，总觉得对它不满，嫌宅阴暗，肮脏。不要说抽水马桶，就连电灯也没有。晚上，只见人形在昏黄的煤油灯光中，幽灵一般晃着。屋子里堆满了各色各样杂件：破旧的桌椅，柴草，缸，铁耙，锄头，木桶……总之，全是讨厌的东西，包围着我，我恨不得有一天脱离它才好。

　　现在真的是脱离它了，坐在这斗室里，然而，新的接近，却增长了旧的回忆。我忽然又怀念到那阴暗肮脏的老家了。仿佛它那每一肮脏的处所，每一阴暗的角落，都是我忧郁的灵魂最可爱的栖息地。我得在那里狂情地欢笑，我得在那里自由地痛哭！我的阴暗肮脏的老家，正是我最大的安慰者！我如梦的醒来，炮火连天，我知道我的老家，终于被强盗们洗劫焚毁了！

　　有抽水马桶，有电灯，电话，而且四壁糊了美丽的巴黎花纸，安静而舒适，使我恍然有隔世之感。现在我对于这新居，大大地觉得厌恶寂寞。一个人住在里面，再也听不见弟妹的争吵，父亲的说话，祖母的咳嗽……一切，都从我身边远了。只传来远巷的卖馄饨的竹板声，扩大我无边的寂寞啊！渗透了这寂寞，从中，却引出了悲惨的景象……母亲的被炸死，父亲的不知下落，祖父母的和老家一同烧成灰屑……全显现在我眼前，而且这凶手仿佛就是我自己。他们养活我到了这年纪，我竟不能将这些强盗们赶出国境！我辜负他们了。人是这样的一种动物，固然知道愤怒与流泪……但也知道迁怒与移悲，忽然，有一次我竟发现了新居的一个缺点：太小啊！"啊，你这斗室，你这斗室！"我仿佛抓住了敌人，叫喊着。从此我就以"斗室主人"来自嘲，然而仿佛也藉以自慰了。用笔来排解寂寞与悲愤，原是文人的阿Q性。凡有所录，即以"斗室随笔"名之。

二

朋友俊，听到我母亲遭难的消息，做了诗二首寄我，诗如下：

> 如磐烽火压天涯，消息惊传泪似麻！
> 国敌原来是家敌，那堪长夜听胡笳！

> 洋场十里寂无华，满地豺狼与毒蛇！
> 不信国魂招不得，血中培出自由花！

诗虽平平，然有心人读了，总觉酸鼻。

我在哭母亲的诗中也有：

中华民族的国土，

要用万斗的热血，

去灌溉我们自由的鲜花！

和朋友俊的诗相吻合。大概我们生在今日，即使如磐忧患，压到身上，也须勉作乐欢之语，古人所谓言甘心苦，不谓我竟亲身尝到了。同时诗里面我还有这么两句：

您在苦难中生长，

在民族受难中死亡。

在《救亡日报》中刊出的时候，下句是被删去了。大概说到"民族受难"云云有所忌讳吧？其实，这倒是不必的。唯有勇于承认现实的，才能真的把握现实。母亲一生勤劳，种田纳税，住房缴捐，虽不能像许多女官与女名流那样头头是道地讲国家怎样民族如何，但她却是无数万切实支持这国家民族的老百姓之一。如果按照她对国家所尽的义务与所得的权利而言，实在很对得起这个国家了，然而国家对她如何呢？"用万斗的热血，去灌溉我们自由的鲜花"，在她是不可能了！血已榨干的老人，又哪里再榨得出来呢！于是最后是以她的头颅与生命，而母亲被炸死了！她的骨肉和中华民国的土地打成一片了！但在这土地上，现在正驰骋着敌人的铁骑；为了母亲，为了中国的这块土地，年轻的我，又将怎样来复仇雪耻啊！"血中培出自由花"，正是我们这一辈人的事！

自然，即使是年轻人的血，也不能那样仓皇地白洒，应该有组织地洒去。对于花的施肥，花匠自有他的计划与分寸，不能多，也不能少。在适当的培植中，才能盛放灿烂的繁花。何况为灌溉民族自由而洒的热血。

然而谨慎绝不是吝啬，也和某些"中途休息论"的汉奸意识不同。最好的谨慎，是把武装归还民众。只有自己已能保卫自己的时候，才可以做到谨慎的最高限度，就是把牺牲缩小到最低限度。唯有在战争中避免一切浪费的牺牲，方始可以全力击退豺狼！有意或无意的民族失败主义者的那套以抗战恐吓民众而冀以此取消抗战的牺牲的把戏，焦土的把戏，两败俱伤的把戏，还是西洋镜，有待于拆穿！想想中国的母亲，经过怎样的辛苦，抚养她的儿子们，再想中国儿子们，怎样的大意疏忽，让年老人白白地送死，我们更应宝贵自己的热血，予以适当的挥洒，培出自由的鲜花！

三

小饭馆里的饭菜，原料虽也有鱼肉，菜蔬等之分，但是吃得久了，觉得鱼的味和肉的味竟也"差不多"了。在文学作品方面，抗战之前，就有人唤过"差不多"。而抗战一起，所有的文艺作品，那味道才真有小饭馆饭菜一样的趋势。我们文艺的学徒应怎样去时时以反公式主义警惕自己呢？

四

光读几篇政治论文的人，最多只能做一个政客；而光读社会科学书籍不读文学作品的人，他一定是个不高明的社会科学书籍的读者。

五

先母在世时，常爱谈外祖父只身奋斗的历史。在这历史里，有一个主要的配角，那就是最近因参加傀儡组织而被杀的陆伯鸿先生。外祖父是浦东三林塘人，十三岁到上海来做泥水匠，积了一点钱，在现今的南车站附近买了一点田地，竟成家立业起来了。但有两亩地被陆伯鸿先生圈了去。外祖父是个倔强的人，就纠集邻居去和陆先生争闹，坐了一个月班房以后，还是去闹，陆先生终于赔了他一点钱。但据说此后不久就死了，死的病因是"伤寒复发"。那时我还只有四五岁，一切印象，都淡忘了。只还记得那是一个大雪纷飞的冬日。但母亲的叙述，却给了我一个极强的教训。大概在此世上，做个富翁和慈善家极不容易。既须圈人田地，又须圈人的性命。而在两圈之下，大部分的人便活不了，于是布施若干，也就做了慈善家。国家民族，绝不在他们意念中。一到敌人要圈去自己的产业，如水电厂之类，那么又狗也似的情愿上敌人的圈套，组织起什么市民协会来了。他又哪里料得准竟也有一天自己生命被暗杀者圈掉了呢！然而，这倒不是因果报应。想来外祖父与×先生在地下也不会再有斗争，但陆先生终久是耆宿缙绅，过分挖苦是不对的，为表敬意，须有挽联，因濡笔作一联，以广流传而免灾眚：

假天父之威，圈百姓土地，开水电公司，俨然南市一霸主，薄海尽呼活剥皮！

　　托慈善为名，组市民协会，创汉奸组织，阿门天国朝主教，寰球胜誉大中华！

　　挽了别人的死，又想到一家的丧亡，于是心酸，泪落，搁笔！我们还不是捎起枪来的时候吗？

阿Q型以外

阿Q虽然是"精神胜利"的第一个发明家，但直白说来，总觉得还有几点可爱之处：比如，他想革命，这该是可算上好的要求了吧！

看了欧阳予倩先生的《桃花扇》，我发现了阿Q以外的另一种典型人物：那便是杨文骢。自然，历史上的杨文骢，并不如《桃花扇》所演出的。戏台上的杨文骢，无疑是给欧阳先生化装过了的。但我倒爱看这一个性格出现。

前几天《导报》的汉口通讯，有说起陶希圣先生的事。汉口那方面的文化人，赠陶先生一副对联文云：

> 对国骂共，对共骂国，对日国共都骂。
> 见冯言战，见汪言和，见蒋和战皆言。

又赠一横额云：

> 圣之时者也。

这位希圣先生，是否真个如此，我既未曾"识荆"，无法下断语。但这样的一副性格，却正如阿Q一般，潜伏在我们一部分文化人的心底里。前有杨文骢，今有陶希圣——对不起得很，姑且借用陶希圣这个大名吧——都是所谓"圣之时者也"。

宁波人有句老话"脚踏两头船"，结果是自己倒翻，淹杀了事。然而个人淹杀，倒是小事，连船也掀翻了，那该不可侥恕了吧！扫除阿Q以外，我们还得扫除"杨文骢"！

不会有的事

　　不会有的事，而竟会有了，这可见，这世界已经不寻常了。

　　例如，当我们收到《记车上一姑娘》这篇文章的时候，古柏兄首先拆开来看看。"嗳，不会有的事，这……"古柏兄说了一声，大意地把这文章丢开了。我接过来看，自然第一也是吃惊。虽然那国里的人民，早有"男女同浴"的风俗，但"当众强奸"的事似乎不应在"青天白日"的我们国土——虽然是被占领了——上出现。然而竟出现了。不会有的事，却真的会有了！这也可见侵略者的真面目！

　　据有去虹口的外国人说，"皇军"们之疯狂，已经到了一见女人即一路强迫接吻的程度，西妇也大有裹足不前之势。这也是不会有的事，而竟会有了！

　　但此种疯狂举动，固然与胜利者的骄傲相关联的。在己以为是天之骄子，则视人自亦如尘如土，蹂躏一下，自可不必介意。然而更深刻的来看，此种野兽一样的疯狂举动，实与日本军人的自杀行动相接连的！在一味过着屠杀生活的刽子手的变态心理中，出奇的官能的享乐的要求，比正常人来的高。但同时，一觉到这官能享乐也是无谓的事的时候，于是厌世观念萌生，而自杀的事也就出现了。自"当众强奸"，以至"集团自杀"，这就是日本帝国主义没落的路！

看看日军进攻形势的浩大，仿佛是不会失败的。但在这"仿佛"以外，不会有的事，也竟会有的，那就是循着"集团自杀"的路，进而至于"全国反战""革命爆发"：日本帝国主义扛入坟墓！

谓予不信，请俟来日！

关于恋爱

这回，"大家谈"也来谈谈恋爱问题，想来青年男女们是挺配胃口的。

抗战一年以来，有一个现象很显著。有一些人，还是花天酒地的过他们的私生活。"商女不知亡国恨，隔江犹唱后庭花。"据说，"后庭花的调子倒还悲怨的"，那末终究还传达一份"亡国情调"。现在的享乐者们呢，"不管飞机炸弹响，耳边只留爵士声"，这就显得凶狠模样了。而另一些人呢？那真是严肃的工作着。工作得连自己的心事也不敢诉述了。要搜求这一证据，从"大家谈"来稿中便可看出，差不多没有一篇稿子，不是皇皇"天下大事"。

这后一现象是好的。在这样国难严重的时候，谁也应该把整个的心思、灵魂、体力，交给这伟大的时代。个人的苦闷、抑郁，应该压下不提。不过，要对于工作有更深入的把握，要使工作者更为坚定，个人私生活的检查，个人困难问题的解决，也还是重要的。何况，在这上海，是个孤岛，救亡工作，应站在本位上。必须把个人生活与救亡工作紧密的联系起来，那么来谈谈恋爱问题，也不会怎么多事吧。

大体上我是同意征雁先生的意见，但恋爱至上主义，我是反对的。要把恋爱看作正经，我赞成，但不是至上。见一个，要一个，要一个，丢一个，甚至借公济私，不对。爱了一个，便要死有这一个，不尊重对方自由，也不对。古人说"合则留，不合则去"，这是恋爱的大道。这里，合字便有斤量。合字的第一要义，是两方志同道合。合字的第二要义，是两方互尊人格及意志。具有第一要义，也便容易做到第二要义了。然而事过境迁，各人的志趋也许有所变动，不合了，那么不妨"去"之。因之，如其能在同一救亡线上，干同一工作，那么，不但志同，而环境也同，这恋爱就能维持下去了。不然，既患得，又患失，患得而消极，患失而自杀，那是呆鸟一只。

"小钉" "瓦碟"

——读《且介亭杂文》后

一

> 我只在深夜的街头摆着一个地摊，所有的无非几个小钉，几个瓦碟，但也有希望，并且相信有些人会从中寻出合乎他的用处的东西。（《且介亭杂文》序）

《且介亭杂文》是鲁迅晚年（一九三四，三五，三六年）著作的一部分。笔者在以前，每次都是零碎的看了几篇，最近才将全书看完。

就把读后所得"小钉"与"瓦碟"来"供诸同好"。

正如著者所说，这是一本"编年的文集"，但笔者在这里只想把文集中有关文艺的一部分提出来说（有许多谈论时事，批评人事等文章，除外）。首先，笔者看到了著者对于文艺的态度：

> 先前，旧社会的腐败，我是觉到了的，我希望着新的社会的起来，但不知道这"新的"该是什么；而且也不知道"新的"起来以后，是否一定就好。（《答国际文学社问》）

这几句话虽似乎与文艺无关，但其实是著者早年对于文艺的态度之出发点。著者在这里的自白是：他对于旧社会厌恶是绝对的，他希望有新社会出现。但应该注意，著者并不因厌恶旧社会而跑到盲动的路上去，"不知道'新的'起来以后，是否一定就好"。我们在这里又看到他的审慎和踌躇。所以，著者在早年一定有一个时期苦闷过。这一种"世纪末"式的苦闷，是"社会存在"规定了他的，决不是他装腔作势；可是在中国，就好像曾有人讥笑过他始而"呐喊"，继则"彷徨"。

著者果如讥笑者所说那样"彷徨"着么？下面是一个最好的答复：

> 我觉得现在讲建设的，还是先前的讲战斗的——如《铁甲列车》《毁灭》《铁流》等——于我有兴趣，并且有益。我看苏维埃文学，是大半因为想介绍给中国，而对于中国，现在也还是战斗的作品更为紧要。（《答国际文学社问》）

> 至于文人，则不但要以热烈的憎，向"异己"者进攻，还得以热烈的憎，向"死的说教者"抗战。在现在这"可怜"的时代，能杀才能生，能憎才能爱，能生与爱，才能文。（《七论"文人相轻"——两伤》）

二

"对于中国，现在也还是战斗的作品更为紧要""能杀才能生""能憎才能爱";像这些就都是著者结束了彷徨生活以后的话。

著者在早年曾有一个时期苦闷过,彷徨过,这是不必替著者讳饰的;这一个时期的苦闷与彷徨,决不会损及他一生的丝毫。(在这个时期里,他对于旧社会的攻击,依然持续着。)不但是如此,而且正因为他过去曾经彷徨,以后才会战斗;正因为他过去曾经审慎,不盲动;以后的战斗才更坚决。不信请看下文:

> 我们不正当的舆论,却如国土一样,仍在日即于沦亡,但是我不想求保护,因为这代价,实在是太大了。(《且介亭杂文二集》序)

回顾"五四"以来,多少文人"始而呐喊","继则"投降;在"呐喊"的时候,甚至会说"不革命就是反革命",著者在《语丝》时代也着实受过这一类人的唾骂。曾几何时,呐喊的做了官,唾骂的编起《法西主义的理论根据》来。可是著者却在结束了彷徨时期(亦即挨骂时期)之后,大踏步循着前人的血迹前进;不反顾,不妥协,一直到死。

以上所说的是著者对于文艺的基本态度。现在再来说他的具体主张。他从他的基本态度出发,主张文艺是应该是大众的,即"大众艺术"。

> 专为着文学发愁的,我现在看见有二种。一种是怕大众如果都会读,写,就大家都变成文学家了。这真是怕天掉下来的好人。(中略)我们弄了几千年文言,十年来白话,凡是能

写的人，何尝个个是文学家呢？即使都变成文学家，又不是军阀土匪；于大众也并无害处的，不过彼此互看作品而已。

还有一种是怕文学的低落。大众并无旧文学的修养，比起士大夫文学的细致来，或者还显得所谓"低落"的，但也未染旧文学的痼疾，所以它又刚健，清新。（《门外文谈·不必恐慌》）

著者劝一部分文人不必因提倡大众文学而替文学"发愁""恐慌"，当然他自己主张大众文学。关于这一项主张，笔者在这里，当然不想跟着发挥提倡大众文学的理论，只希望大学把他的主张与今日文艺工作者竞写"抗战大鼓"一类作品的现状对照一下就够了。

提起"抗战大鼓"，我们又会联想起过去文坛上"利用旧形式"的论争。对于这件事，著者的主张在我看来是正确的，虽然曾有耳耶先生讥为"类乎投降"和"机会主义"。他说：

这是一个新思想（内容），由此而在探求新形式，首先提出的是旧形式的采取，这采取的主张，正是新形式的发端，也就是旧形式的蜕变。（中略）旧形式是采取，必有所删除，既有删除，必有所增益，这结果是新形式的出现，也就是变革。（《论旧形式的采用》）

如果说"新社会"必须要凭空创造起来，不许利用旧社会加以变革，使之成为新社会，大概谁也要发笑的吧。但其实这件事的论争也不过是这么一回事。既肯定了"提倡大众文学"的前提，就不得不采取旧形式而加以变革，而且这是事实上必然经过的途径，我想。

其次是大众语问题。著者对于大众语的意见是：

（一）汉字和大众，是势不两立的。

（二）所以，要推行大众语文，必须用罗马字拼音（下略）。（《答曹聚仁先生信》）

为什么汉字和大众势不两立？这里有回答：

我们中国的文字，对于大众，除了身份，经济这些限制之外，却还要加上一条高门槛：难。单是这条门槛，倘不费他十来年工夫，就不容易跨过。（《门外文谈·于是文章成了奇货了》）

不过要采用新文字，新文字也不只拉丁化文字一种：

汉字拉丁化的方法一出世，方块字系的简笔字和注音字母，都赛下去了，还在竞争的只有罗马字拼音。（《论新文字》）

三

然而罗马字拼音也并不见得比拉丁化字好，因它依然袭了过去汉字的旧毛病：难。同时革新，那手段也大不同：一是难行，一是易举。这两者有斗争。难行者的好幌子，一定是完全和精密，藉此来阻碍易举者的进行，然而它本身，却因为是虚悬的计划，结果总并无成就：就是不行。（《论新文字》）

这几句话虽不免有过火之处，但罗马字拼音老早就有而在今日"结果并无成就"，却是事实。它的原因，如果说因为它是一项不易实行的"计划"也似乎是不错的。

拉丁化却没有这空谈的弊病，说得出，就写得来，它和民众是有联系的，不是研究室或书斋里的清玩，是街头巷尾的东西；它和旧文字的关系轻，但和人民的联系密，倘要大家能够发表自己的意见，收获切要的知识，除此以外，确没有更简易的文字了。（同上）

再次，让我们看：著者对于翻译的见解。著者在《非有复译不可》一文里说：

前几年，翻译的失了一般读者的信用，学者们和大师们的曲说固然是原因之一，但在翻译本身也有一个原因，就是常有胡乱动笔的译本。不过要击退这些乱译，诬赖，开心，唠叨，都没有用处，唯一的好方法是又来一回复译，还不行，就再来一回。（下略）

而且复译还不止是击退乱译而已，即使已有好译本，复译也还是必要的。曾有文言译本的，现在当改译白话，不必说了。即使先出的白话译本已很可观，但倘使后来的译者自己觉得可以译得更好，就不妨再来译一遍。（下略）

四

像这样求善的意见，即著者之所谓"小钉"与"瓦碟"，我认为是值得大家注意和珍惜的。

除了著者对于文艺的态度和见解之外，我们在这一部文集里还可以看到不少中国文坛和出版界的黑幕和弱点。关于黑幕，笔者不想再"挖过去的旧疮疤"，只想把弱点提出来一说：

中国文坛的弱点，可于下文看出：

这本书便是十五年来的，"文学革命"以后的短篇小说的选集。因为在我们还算是新的尝试，自然不免幼稚，但恐怕也可以看见它恰如压在大石下面的植物一般，虽然并不繁荣，它却在曲曲折折地生长。（《〈草鞋脚〉小引》）

"曲曲折折的生长"当然不能与自由生长的相比较。然则为什么要"曲曲折折"呢？著者说："这不只是文坛可怜，也是时代可怜。"（《七论文人相轻——两伤》）中国在目前这个时代，一方面国外有帝国主义者的压迫，一方面国内又有所谓"大石"；试

151

问，在这样的情况之下，中国的文坛那会不弱；但这个可怜的时代，现在已快过去了，中国的文坛决不会永远萎靡到底的。

最后，笔者想提出来一说的，是这本文集里的"警句"。这些短小精悍的"警句"，在著者也是当作"小钉""瓦碟"看待的。但，笔者却觉得晶莹可爱：

"一认真，便容易趋于激烈，发扬则送掉自己的命，沉静着，又啮碎了自己的心。"（《忆韦素园君》）这是他说一个前进的青年的。

"伟大也要有人懂。"（《叶紫作〈丰收〉序》）

"真的'隐君子'是没法看到的。"（《隐士》）

"所以我们的做古文，是在用了已经并不象形的象形字，未必一定谐声的谐声字，在纸上描出今人谁也不说，懂的也不多的，古人的口语的摘要来。"（《门外文谈·古时候言文一致么？》）其实古文如此，今文又何尝不然？

全书像这一类的文句极多，上面所录的，不过是一部分罢了。

杂 写

远在一九二七年之时，鲁迅先生说过这样的话：

> ……诗文完全超出于政治的所谓"田园诗人""山林诗人"是没有的。完全超出于人间世的，也是没有的。既然超出于世，则当然连诗文也没有。诗文也是人事，既有诗，就可以知道于世事未能忘情。……

至今天来说，诗文要是能超出于抗战的，也该是没有的，不管他拥护或反对，总会像吃饭拉矢一样，时时牵及。

古之陶潜，自然也咏过菊："采菊东篱下，悠然见南山。山气日夕佳，飞鸟相与还。此中有真意，欲辩已忘言。"自然因为酬唱的人不多，报纸也没有出现，所以不曾出过专辑，多不过兴之所至，喝喝酒，自拉自唱一会罢了。但一定以此要骂倒陶潜，叫他入拔舌地狱，永远转不得人世，那在我以为大可不必。因为陶潜还有他奋发的一面。"君子死知己，提剑出燕京，素骥鸣广陌，慷慨送我行""登车何时顾，飞盖入秦庭""其人虽已没，千载有余情"这是何等气概！

自然，要"彻底"起来，也还有话可说，陶潜君虽然激昂慷慨，但自己并没有"提剑出燕京，飞盖入奏庭"呀，这么一来，那么天下文人，都只好搁笔。

有人指责今之陶潜的咏菊，这动机，据我看来，怕在希望他发扬好的一面，抑下坏的一面。同时，怕还在希望在他思想的根底里去除那新名士的积习，"百尺竿头，更进一步。"这自然于抗战还是有益的。我们批评古之陶潜的，应该看清他的整个；我们期望今之陶潜的，却不妨局限于一面——对于抗战的深厚的认识与积极的提示，越出思想的形式主义范围，发挥精辟的战斗的精神。

但这终究不是"大患"。能廉洁清高，喝酒赏菊，不与"禽兽"为伍，已很有了些"骨格"，虽然"不够"，却已"难得"；虽然"单纯"，却非"阴险"；我还是爱之敬之。然而，世上有一种人，貌为"君子"，言则"尧舜"，见环境转好，则大摇大摆，拖住一条"尾巴"，便而不可一世。今天倡言"排挤"这个，明天提议"围剿"那个，他全没有想到，不久以前，还是匹"曳尾之龟"。其实他所要排挤所要围剿的，全于，"大体"无关，不过乘机起哄，借报以前也曾被踏过尾巴之仇。化私仇为公怨，挟"权力"作武器，将鸣鞭的业绩，报主子的欢心，奴隶总管的本色，倒是装点得极为尽致的；这样的人，我是深恶而痛绝之的。"成事不足，败事有余"，就为这种人下了个注脚。我也不必多说了。

蝴蝶的梦

昔者庄周梦为蝴蝶，栩栩然蝴蝶也，自喻适志与，不知周也；俄然觉，则遽遽然周也，不知周之梦为蝴蝶与？蝴蝶之梦为周与？周与蝴蝶，则必有分矣，此之谓物化。

这就是写《南华经》的庄子自己说的话。而且是化过蝴蝶俄然醒了过来以后说的"醒话"，不是梦话，也不是蝴蝶的话。因之，我们可以断说，庄子现在虽然死了，但庄子却是存在过的。而存在过的庄子，是庄子，不是蝴蝶。这倒不是因为蝴蝶不会说话，没有写过《南华经》。我们这样断定，而是庄子"作为庄子而存在"的，说话，写文章，著《南华经》，是人的存在；不是蝴蝶的存在。

固然，我们不能一定说，庄子一定变不了蝴蝶，也许有可能变为蝴蝶，你和我也有可能变为蝴蝶。庄子这个存在，从出生到长成到老死，于是起了质量变化了。断气，停止血液循环，蛆虫生出来了。蛆也许可变为蛹，蛹也许可变为蝶。此之谓"物化"。但在庄子作为人的存在而存在的时候，那是无法变为蝴蝶的；有之，则终究是个梦。

中国俗话说："日有所思，夜有所梦。"梦还是以现实社会做它基础的。现实社会里没有蝴蝶，庄周也就不会梦见蝴蝶。这句俗话，在我们看来，倒是极合科学的。可是科学是最怕钻牛角尖里去，自以为科学的性的分析的心理学家，在他们"详梦"的时候，往往会造出一批"胡说"，夜里梦到偷苹果吃，说那是因为日里看到过漂亮的女子，想要她而终于不敢，那被压抑下来的下意识的表现。而且举出若干人的例子，断定这是"真理"。这终究未必可靠。说梦是下意识的上升，那倒未可厚非，但将一切的梦，都归源于"性"，这就大可商酌了。否则，庄周梦为蝴蝶，也就不免有失恋之嫌。小学生的唱歌本上，正也写着"蝴蝶姑娘我爱你"。证据确实，庄周从此是个"色鬼"了。

庄周把自己和蝴蝶等量齐观，这意思不过说明"人这个东西，也没有什么大了不得，和蝴蝶一样"，故曰齐物。然而齐之之道，在于精神一体。这就是庄子哲学的根本，精神离肉体而独立，是曰"灵魂"。灵魂寄宿在人身的哪一点上？那是"天机不可泄漏"，说明不得的，庄子也没有交代。但是人之做梦，那正证明灵魂的存在，灵魂脱离了肉体，外游于超形象世界，于是见蝴蝶，见苹果，甚至如沪西一带的愚夫愚妇，从灵魂外游时的一切所见所遇——所谓梦，以为这就是他们的花会的征兆了。因而上吊投河，那真是活该。这是一。

其次，据释迦牟尼说，人生的苦难，是生老病死。死的确是叫活着的人感到幻灭。反正要死，活着干么？既然活着，总得不死。古来哲学家，对这生死大事，确实也费了一番唇舌。叔本华说得干脆，"死乃生之完成"，做人为的做死。然而终究死不得，肉体是无可避免要死的，自三代以来，未有做人而不死者，那么总得让有点东西遗留下来吧，而且必须是无形的东西。因为有形总要变为无形；无形的东西，反正谁都瞧不见摸不到，自然是永远存在了。无以名之，就名之曰灵魂吧。——灵魂不灭论，就如此成立了。

但以梦像而疑为灵魂的出游，以肉体的消灭而求慰藉于灵魂的永在，这多半由于原始民族对于人身构造的无知，和个人脱离社会而孤立，将人类生命的最高意义，只看作了个别的生命的存在与否的缘故。世上没有一个不以经验的事实为基础的梦。梦有属生理的反射作用，也有属于心理的下意识的上升。全不是灵魂的事。肉体消灭，精神的作用也就停止。就说是灵魂存在吧，那还要看你在活着的时候，遗留给这人类社会的有些什么业绩？也只有这业绩倒确实是不死的，我伏在这案上写这文章，自台灯以至墨水，万年笔，不但有活着的我们同时代的同胞的手泽，而且有我们人类的祖先的心思和脑血。没有先人手创的一切的业绩作为根基，也没今天电气化的世界。这倒是人类的真正的灵魂。

但社会的发展是不平衡的。西欧是资本主义社会，而中国却还停留在半封建社会里。非洲有些地方，还是停留原始社会里。而在原始社会里，人们苦于和自然作斗争，时时会遭到不可抵抗的不幸。自然对于他们，发挥着极大的权力。由于自然的拟人化，于是看作了超人的神，且渐次取了超世的形态。从拜物教而至于神道设教，那是从屈服于自然的原始社会，进而至于假借自然权力作为少数统治者的武器的封建社会的一种表现。直至资本主义社会，压迫者为要征服被压迫者，消灭被压迫者的反抗情绪，依然还得以神和宗教作为武器。从神而至于命运，从命运而至于神，这一个紧扎箍儿，无非是剥削者对被剥削者预制的圈套。

有做圈套的人，自然也有破圈套的人。无神论不是什么新鲜的见解。"要是牛能造神。那么那神也将是条牛吧，而黑人却造出个低鼻子阔嘴唇的神（费尔巴哈）。"人们最初慑于自然的威力以物为神，接着从自己的不断的有意无意的征服自然过程中，人类之间自然而然地划分了阶级，将阶级的权力和神的权力合并，而神又不得不拟人化了。

哲学上的最高问题，便是思维对于存在，精神对于自然的关系问题。主张精神是自然的根源，思维是存在的根源，那便是哲学上所谓观念论，反之也就是唯物论。观念论是直接和灵魂，神，宗教有关联的。庄子以为：蝴蝶与庄周，虽形异而神合；精神统一，然后物化。那便求存在与自然的根源于精神的一种俏皮说法罢了。从这一基地上，展开人们的"思维术"，那就成为奴才哲学："日本人用炸弹炸死你的父兄，这是神给你们的责罚！"……"你们受到今天的苦难，就因为你们昨天不信神。"……"前世作的孽，今日得到报应，这是你们的命运。"……从这一切的胡说，更进而至于建立"东亚共同体"的应声虫的汪精卫的胡说，将日本对华作战的侵略的本质，中国抗日的反侵略的本质抹去，把两国的战争看作了普通的争夺，所以他那《南华日报》，说出"战争终有一天要和平，现在正是最好的和平的机会"的话来。这种观念上的荣誉的和平论调，正是失却斗争的勇气者的梦呓。是从道地的观念论的思想的根基上出发的。庄子的文章，于是也就可有这么的一改：

今者汪精卫梦为近卫，栩栩然近卫也，自喻适志与？不知为汪精卫也，俄然觉，则又仿佛是汪精卫也，不知汪精卫之梦为近卫与？近卫之梦为汪精卫与？汪精卫与近卫，则必有分矣，此之谓奴化。

论"没有法子"

说起来又是算旧帐，好在算我自己的，大概也没有什么。

东京"十三事件"还没有发生，我是住在早稻田一位寡妇的贷间里，也不知是那寡妇挡了驾，或者我竟失落在日本警察的视线之外，住在那里三个月，可没有像住在别处一样"三日两头"的来拜访你。在这样的环境下，读书是最安心不过的。因之，我很沉醉于细细地读报的生活。

离了故国，也就更放怀不了故国，这心境大概谁都有的。所以一切的病里面，怀乡病该是顶顶美妙的。我不大理解病卧医院之中，跟漂亮的看妇谈恋爱的那种风情与趣味，但酽酽的如同微微陶醉似的对于祖国的温热的眷念，却是顶顶叫人奈何不得的。

每天展开报纸，首先注意的便是那有关于支那的新闻和论文。时过境迁，记忆全成白纸，我也无法来收拾彼时的一一的心境。可是有一件事却使我不能忘掉，那就是彼邦人士对于中国的一句口头语的讥讽。

大概是新居格吧，游了北平——那时是称做北京的——一趟回去，就在《读卖新闻》文艺版上发表他旅行的感想。他仿佛用哥仑布发现新大陆似的口气，说明中国人"没法子"这句话的广泛的流行，实在是很可吃惊的。照彼邦文字，应该写做仕方ない"（Sikatanai）"的，可是他却照中国原字写上，以示郑重。他指出这是中国民族性的特征。我对于这种说法，当时颇感到愤怒。所谓开明的自由主义者，也还是军部的策士。

但我也不是毫无理由。未进早稻田以前，我住在市外西荻洼。这离井之头不远的小村镇，大概很少异国人的足迹，于是人们都把我们当作动物园里的珍兽，颇有另眼相看的情形。连一家买冰店的"子供"，也常常跟我们来玩了。不知是受的什么教育，一谈总谈到东三省的富庶与丰饶。"将来，我们也到那边去过活。"展开地图来看时，居然也和日本国土为同一颜色。这对于我的侮辱，实在驾任何侮辱而上之；然而为了这孩子的家境的困穷，我却又为他的受愚而怜悯。在这一种悲愤的记忆下，读了新居格这论"没法子"的文章，我是不能"废书三叹"就可完了的。在中东路事件发生以后，十月三日的早晨，一个钟头里，东京市内市外的中国留学生，被检举者达六七十人之多，于是我更憎恨这不很有理性的国家，觉得专为自己的修业而留滞在这国家里，是我的耻辱，我要看看我的祖国到底有没有法子，我回国了。

祖国有它的光明与黑暗，我确实见到祖国的有法子的一面，而且，我虽困难，也时时在寻求法子。然而，没法子之为"国叹"，正和"他妈的"之为"国骂"一样。我们也无所用其掩饰。虽然用语略有不同，或曰"没有办法"，或曰"有啥法想"。但总之是表现"日暮途穷"之态，盖亦有其所由来，古之人，"日暮途穷"据说作兴哭的。阮籍泣途穷，已成为名典故，不必再介绍了。便是猛挚如项羽，兵困垓下，也还叹息于"天亡我也，非战之罪也"。自以为对自己的运命尽足了力。然而"豁达大度"的汉高祖及其臣下，却处处从没办法中想办法，便是太公捉去被烹，尚欲"分我杯羹"，能动心忍性于前，就能打出一条血路于后。从"没法子"而到"有法子"，也还得归功于残酷的斗争吧，打狗索性打它个死，这里我又要涉笔到汪精卫了，真正是一条"没法子"的软虫！

中国社会实在也是压迫重重。外有帝国主义，内有皇帝老子，封建军阀，官僚士大夫，买办地主，……这一切压迫，全都落在挑粪桶的农民身上（之后，自然有工人来分担）。这真是一担过重的粪。今天加了这一种税，明天又有那一种捐，送租之外还须送鸡，种田之外又有征役，便是老婆被地主占去当小，女儿被公子强迫成奸，也还是眼开口白，摇摇头说："没法子。"士大夫听命于官僚，官僚又听命于枪杆，凡有所见，也不该自作主张，"等因"而后"奉此"，"等因"未下，"此"亦难"奉"，若有进言，聊加改革，也还只能说"没有法子"。被压迫者如此，被压迫的压迫者又如彼，所以专制世代，皇帝就成圣口。万民的运命，全系于圣口的一言两语。而历代皇帝，大都昏庸，也未必真有办法，在下既须"马首是瞻"，在上又无"回天之力"，积习相沿，"没法子"也就不翼而走了。

但"可使由之不可使知之"的愚民虽愚，却还能于"由之"不得其道之时，略示反抗。国骂"他妈的"的流行，决不是无因的。自"没法子"而到"他妈的"，这已并非偶然了。

"没法子"的奇迹，虽于"九一八"以前，已为彼邦人士所发现。且于是而断定中国终于将被征服。因为这边既是坐困于"没法子"。那边自然只要"略施一计"好了。"计"者亦"法子"也。以"没法子"当"有法子"其败也必矣。"九一八"一试，果然"言不虚传"，唾手而得四省土地。但四省义军终于也他妈的干了起来，一直干到现在，越来越有法子。这是日本文士以及军阀所万万想不到的。

六七年来，中国是在没法子中寻法子，英明的政治家，提出了民族抗日统一战线的口号，居然有了最最正确的法子了。七七事变，全国人民抓住这法宝，一直跟日本军阀打了一年六个月，从"大法子"中想出"小法子"，用"小法子"来帮助"大法子"的成功，而一贯以"他妈的"的精神。每个人民将知道运命本握在自己的手里，只有坚实自己，才能决定自己！彷徨慌张以接受别人的"法子"为"法子"的卖国叛徒，也给一脚踢出于国门之外。"杀了他！杀了他！"的呼声，已经普遍于全国角角落落，我以是知道中国终于有法子了。如其再能让我到东邻去住，我将听到他们满街满弄的"仕方ない"吧。

说笋之类

近来常在小菜之间，偶然拔到几片笋，为了价昂，娘姨不能多买，也就在小菜里略略掺和几片，以示点缀；但这使我于举箸之时，油然的想到了故乡，不免有点"怀乡病"了。

我之爱笋，倒不是为的它那"挺然翘然"的姿势。日本学者之侮蔑中国，真可说是"无微不至"。鲁迅先生的《马上支日记》，有这样的一节话：

安冈氏又自己说——

"笋和支那人的关系，也与虾正相同。彼国人的嗜笋，可谓在日本人以上。虽然是可笑的话，也许是因为那挺然翘然的姿势，引起想像来的罢。"

会稽至今多竹。竹，古人是很宝贵的，所以曾有"会稽竹箭"的话。然而宝贵它的原因，是在可以做箭，用于战斗，并非因为它挺然翘然像男根。多竹，即多笋；因为多，那价钱就和北京的白菜差不多。我在故乡，就吃了十多年笋，现在回想，自省无论如何，总丝毫也寻不出吃笋时，爱它"挺然翘然"的思想的影子来。

我是不很佩服我们东邻的所谓"文化艺术"的。也许由于我的浅尝，无法理解他们的伟大。但自明治维新以来，日本没有一个文学者，能及得上我们的鲁迅先生。这也许和日本资本主义的发展始终脱不了封建势力的束缚有点关系，在文化艺术的领域上，只看到他们风气的流变：自自然主义而至理想主义，而至"左翼运动"，大半都停留在表面上，不可能有更深入的发掘。安冈秀夫的话，也许多少受到弗洛特学说的影响，然而以此作为侮蔑中国民族性的划画，确实是可观了。

因为爱吃笋，就想到乡间掘笋的故事，真所谓"一粥一饭，当思来处不易"。我家老屋后门，就有一大块竹山。中国人固然有以竹为箭，用于战斗；但最古时候，还有用蒲的。《左传》所谓"董泽之蒲，可胜既乎"。那说来，真是"草木皆兵"了。这可见中国民族是最坚韧善斗的。不过世界上杀人武器，既已通行枪炮，以竹为箭，成了我们孩子时代的玩艺。古风杳渺，乡之人也早没有见竹而思战斗的积习了。他们欢喜培竹，一则为图出息，二则为图口舌，三则如遇我辈文人雅士，聊供消暑纳凉，吟诗入画罢了。

我没有"赋得修竹"的才能，更没有写松竹梅岁寒三友图的本领，但却时常跟着长工去掘过笋。笋而必须掘，那已可见并不是一定"挺然翘然"的了。大概城市里人，想像特别丰富，虽然在植物学书上，也看到过"块根""块茎"之说，但一入乡间，也不免有刘老老进大观园之概。五四时候，一般青年激于义愤，以大写"壹"字的资格，——因为有别于寻常戏子，他们以大写"壹"字自居，而将寻常戏子比之为小写"一"字，——入乡演

剧宣传，一看满地的"田田荷叶"，均皆惊奇不置。一经询问之
下，始知为常吃的芋艿，不免大失所望。他们全以为芋艿该如橘
子李子，是结在树上的。人之智愚不肖，不能以书本为标本，于
此已可概见了。入冬之时，竹山里的笋，其未"挺然翘然"，怕
也出于安冈秀夫自己的想像之外吧。

掘笋功事，非专家不办。大抵冬霜既降，而绿竹尚"秀色可
餐"——这说来，自然是好吃的民族了——土地坚实异常；冬笋
则必裂地而出。据说是人间春意，先发于地。竹根得春气之先便
苗新芽，是即为笋。笋伏处土中，日趋茁壮。乡人于此之时，即
从事采掘，如发宝藏，虽并不容易，但乡人类能"善观气色"，
"格竹"致知。从竹的年龄与枝叶的方位，知道它盘根所在。循
根发掘，每每能获得"小黄猫"似的笋。我不大了解他们掘得笋
时的喜悦心情，在我则是掘得新笋一株，赛获黄金万两。吃笋固
然快乐，掘笋则更觉趣味无穷。

这也许由于我"得之也难，则爱之也深"，希望成于战斗，
地下的"小黄猫"，是人间的大希望。我于此而体念到人生的意
味。大抵我的掘笋方法，专看地上裂缝。因笋有成竹而为箭的使
命，所以特别顽强，不论土地如何结实，甚至有巨石高压，它必
欲"挺身而出"，故初则裂地为缝，终则夺缝怒长。即有巨石，
亦必被掀到一旁。大抵冬笋是它尚未出于地面之称，并非与毛缝
笋为不同种类。一为毛笋，只须塌地斩断，不劳你东搜西寻了。
所以一作羹汤，也就觉得鲜味稍杀。

在绿竹丛中黄草堆里，要寻到所谓笋的"爆"，实在困难。
我家"长工""看牛"之类，又常和我取笑，当我转过背去，就

用锄向地上一掘，做成个假的"爆"，并且做出种种暗示，叫我向那爆裂处走去。一待我发现这个，便用力的掘，弄得筋疲力竭，还是一无所得，而他们却柱锄站立一旁，浅浅微笑了。"希望之为虚无，正与绝望相同"，而我则并不作如是想，大抵每一早晨，我非掘得一二株笋，是不愿回家的。

然而，有时，于无意之间，与姊妹嬉顽于竹林深处，或采毛莨咀嚼，或筑石为城，翻动乱石，忽见"小黄猫"出现眼前，那真大喜过望，莫不号跳回家，携锄入山。真有"长镜长镜白木柄，吾生托子以为命"之概了。

不过乡人之于竹，有"笋山"与"竹山"之分。我家就有一大竹山，一小笋山。竹山专用以培竹。笋山大都邻近居处，便于采掘。竹山则专有管山人司值，禁止一切人等偷掘冬笋。竹山每年一度壅培，即用管山人所饲之牛的"牛粪"。壅培之时，大概在秋末冬初。这事在富农的我家，仿佛是个节日，我也曾跟长工雇工，参与这种盛会。目的不在去闻牛粪香味，而在管山人的一顿好小菜。壅山之日，主人与管山人同至山地数竹，将每一竹上用桐油写上房记；我则跟随在瘦长的父亲的身后，看着他提着一竹筒黑油，用毛笔沾油作书的有趣情景。这在乡间叫做"号竹"。父亲号竹的本领，极其高妙，笔触竹杆，如走龙蛇，顷刻即就。有时是"明房"两字，有时则为"王明房"。这打算自然不同于竹上题诗。竹既有号，则偷儿便无所用其技了。固然伐竹之时，可将它记号括去。但被括过的竹，背到村里，人们也就侧目而视。这大概就是张伯伦所谓"道德的效果"吧！

我是不大明白父亲那种爱竹心理的。但每当秋夏之交，父亲又率长工上山去了，将竹山上的老竹删去一批，背到村前溪滩，唤筏工，锁竹成筏，专等老天下雨，溪水高涨。大概秋雨一阵过后，父亲就背上糇囊，上城去了。同时，筏工也撑着竹筏，顺水而下。有时，父亲且与做长板生意的合作，让竹筏上载着许多木头刨成的长板，轴轳接尾的浩浩荡荡流着出去。乡下孩子所见甚小，每遇此情此景，是觉颇为"壮观"的。

背着糇囊上路的父亲，不到一月左右，也就捎着"凤仙袋"喜气洋洋的回来了。母亲自然是慰劳备至，首先为他招呼面水脚水。父亲本不喝酒，但在这一次餐桌上，母亲总为他烫下几两黄酒，姑且小饮几杯，说是赶赶寒气。而我所欣喜的则又是藉此也有一顿好小菜吃。

自掘笋以至壅竹卖竹，这情景在今天想来，宛然如画。叹童时之不可复回，慨"古风"之未必长存，我虽泄气，却还欣然。然而脚踏实地，父亲时代乡人们的艰苦奋斗精神，那确实是如笋如竹，挺然翘然，不可一世的！

我们兄弟之间，已没有人步父亲后尘，过这艰苦奋斗的生活了。

我在海外流浪，已十余年于兹，故乡山色，是否一仍旧观，亦无法想像。我本无所爱于故乡，但身处孤岛，每天总可碰到些失却家乡流浪街头的难胞。他们惦念着祖宗的遗业，他们忘不了自己的土地。他们也许时时做着家园的梦，牛的梦，犁头的梦，甚至闻着牛粪的气息，然而他们的故乡呢？这使我于悲悯他们的境遇之后，略觉骄矜，我的故乡依然还是我们的！但不知有谁负起捍卫这乡邦的责任？一九二七年，二兄在世，故乡是曾经吼过来的。亡友董挚兴的血，怕还未必干了吧，但我的故乡在今天是否也在吼呢？

　　父亲在日，尝告我曰：昔者尚书太公与崇祯皇帝闲谈，皇帝询及吾乡情况，尚书太公以十四字作答："干柴白米岩骨水，嫩笋绿茶石板鱼。"是这样世外桃源的故乡，怕已未必再见于今日了。我也不愿我的故乡，终于成为桃源。能斗争，才能存在；能奋发，才能进步。旧的让它死去，新的还须创造。失了乡土的同胞，我亦正与之同运命。而挺拔自雄却寒御暑的笋竹的英姿，该是我们所应学取的吧。

　　吃笋之余，有感如右，非为怀旧，藉以自惕云耳。

杂家，打杂，无事忙，
文坛上的"华威先生"

杂家，为九流之一，大概始见于《汉书·艺文志》。《二十五史》既然沦陷虹口故居，手头无书可翻，只得请教《辞源》。一九三〇年七月二十版戊种《辞源》戊部一五四页，有杂家一条：

> 九流之一。（《汉书·艺文志》）"杂家者流，盖出于议官，兼儒墨，合名法。"后世著录家，沿其名而变其意，于寥寥不能成类者，并入杂家。而杂家之义益广。四库书目，从黄虞稷说，于杂家厘为六类：立说者，谓之杂学；辩证者，谓之杂考；议论而兼叙述者，谓之杂说；旁究物理，胪陈纤琐者，谓之杂品；类辑旧文，涂兼众轨者，谓之杂纂；合刻诸书，不名一体者，谓之杂编。

这么看来，杂之为义大矣哉，是直森罗万象，无所不包。后有作者，且有所谓"杂拌儿"，大概也应该归入于杂家之流吧。

但追源溯流，杂家总是出于议官；所谓兼儒墨而合名法，不过指议论的内容，包括伦理道德与名学法律而已。杂家虽杂，还是"王官"出身，岂不懿欤盛哉。

近世的杂文家，是否可算杂家，高攀王官，那我无法断定。但据"我的朋友"孔另境先生说，文艺杂感乃是文艺工作者对政治现象最警觉性的表现，这和班固先生所谓"出于议官"的议官的职司，可谓"不谋而合"。杂文家找到这样好的来历，大可对反对杂文者扬眉吐气一下了。

自有文艺杂感出世，作者风起云涌。鲁迅先生在日，已有徐懋庸先生的《打杂集》出版。徐先生杂文，散见报章杂志，拜诵之下，颇觉欣慰，与"我的朋友"唐弢先生的，可称双璧。但我更爱的，倒不是徐先生的文字，而是这集子的名字。

"打杂"，这是个多么响亮的名字。乡野鄙夫，俚俗不文，打杂一词，是否别有出处，不得而知。但我乡婚丧大事之间，确有"打杂"一门工作。大抵乡间，类多聚族而居，故富裕之家，一有婚丧庆吊，便成滔天大事。首先将执事人等名单，高揭要路口上。其间名目烦多，有总管，库房，厨司，行堂，有小菜房，挑水，烧火，请客；而打杂也是其中之一。总管，库房，必须长衫中人，一村之中，可当此职者，大概不多；厨司业有专门，他人代庖不得。小菜房分配作料，大有关键，例须主人的清客。请客大都由堕民专办，吾乡堕民，副业抬轿，两腿训练有素，跑来自然快速，便于招请客人。烧火挑水，则总是主人的女佣长工。只有行堂，则必须挑选一村中的青壮好汉担任。打杂次之，虽同为青壮好汉，但还必须有好性气。

打杂职无专司，因之人人都可差动，人人是他上司。美其名，也可说是"公仆"。中山先生说，总统者人民之公仆也。打杂也可说是无冕的皇帝了。厨司要宰猪羊，他得按住猪腿羊脚，帮同厨司屠杀；屠杀之后，又得帮同拔毛。厨房缺水，长工躲在暗角，喝酒自乐，打杂也得拿起桶担，往溪头汲水。女佣偶告内急，灶门须得加柴，打杂更须替差。总管要找某项执事人员，一时缺出，也就在堂前大呼"打杂！打杂！"不置。看来打杂本领，真是无所不能，实则一无所能，正腔不唱，帮闲而已。

筵宴既开，桥头三叔，携杖而来。此辈三叔，"送人情则顶多二角，喝老酒则起码三斤"，高坐堂上，望眼四瞩。一等吹打手前奏一曲完了，总管一声吆喝"出菜"，便如"速于置邮而传命"，一直传到厨房。行堂们大多身系短前围，捎着红抹布一条，丧事则用白布，且戴白帽，各持铜盘，蜂拥而至灶前，让厨司将大碗鱼肉，一一在盘中摆定，然后鱼贯而出，经过长弄，为首的一声謦咳，吹打手乐声齐作，于是声势一变，行堂神采焕发，高擎铜盘，趄趄桓桓，直向筵席桌上扑去。不管菜席如何，此中威风，正如乡谚所谓"萝菔芋艿羹，小唱拉拉响"也。而这里有时，也有我们的打杂一份。但如果行堂人多，不必打杂出手，则也只好暗站壁角，嘻开笑脸，用红抹布抹抹嘴脸和手，羡煞别人的威风十足。

然而吹打手上那桌小菜，偶因行堂盘中不够分配，还须打杂担当，双手捧上。

以打杂而自感满足的，那只有是老于打杂的人。比如我们村里的打杂，没有一次婚丧大事不是财发黄胖担当的。我虽有时为他感到孤寂，然而却也着实佩服他奉命惟谨不竞骄荣的精神。

是不是因为他有打杂精神，所以他的家，也成了"杂家"。

他是我们三房里尚书太公的子孙，人丁不旺，是个自耕农，住在尚书第左厢的一间破楼房里。一村的青年，每当忙种与收获以后，农事空暇，就麇集他家。或打麻将牌九，或吹笛拉琴，任意所欲。他并不热情招待，但也来者不拒。一天嘻着黄脸，逢人作笑。看他那两只下卸的肩膀和竖不起项骨的脑袋，那真可说是一团和气。他既不会打牌，也不会吹拉，然而极愿有人在他家里打牌吹拉。在他是处若无事。有时，这些农村青年，豪兴大发，共议窃鸡攘羊，来他家里偷杀煮吃，他也并不阻止；且还照例共分一杯羹。他是既不劝人为善，他不防人为恶，善恶之辨，在他实不甚了然。然而村间富户，却也有所指摘，曰："贼窝家。""杂家"一变而为"贼窝家"，这虽并不偶然，但实在是有悲剧性的。好在僻壤之区，并无所谓"农村政权"，而且既非长衫中人，也无窃权嫌疑，说他收买人心，植党营私，抬高自己地位，图谋不轨，等等等等，大概是不会有的。

在我对于这样的打杂家，并不完全尊敬。因为早已读过《孟子》："无是非之心，非人也。"是非善恶，我是有所较量的。但我确不很反对农村青年，窃鸡攘羊共分杯羹这一种乐事。这倒并不是为了我们书房里教师，也曾让学生到田里去偷豆荚，煮着共吃，以为上有所行，下必有所效，将我们打杂家的罪开脱了。苦后作乐，我是颇为赞成战士有偶一涉足舞场的权利。虽然年过而立，自己确实没有喝过威士忌，没有上过跳舞场，偶与友朋三四，聊作"叶子之戏"，已觉人生至乐，尽于此矣，不复有其他妄想，但我不愿以自己作为标准尺，而衡量一切。人有所短，亦有所长，天下皆圣贤，酒保自亦"之乎者也"了。引其所长，而略其所短，我们打杂家的优容态度，并不是全可非议的。

我们的打杂家，并不放弃他自己的本位工作。是个自耕农，一家夫妇两口，种上五亩田，已够一家开支，余暇之时，又专给殷户打忙月，工作的得力，却也人人称道。便是田头完工，也爱拾一粪桶的稻株，担着回家，让主人去作煅灰资料，借以肥田。人我之分，在他大概不很了然。工钱也不居奇，总照市价计算，自己有吃有穿，更不急急追讨。诸葛孔明所谓"宁静致远，淡泊明志"，我们这位打杂家"庶几近之"了。

但我们的打杂家，毕竟不是专家，虽为尚书子孙，但本人是无议官之职的。因衣穿既是短打，又复黄脸而貌不扬，是连出入乡校的资格都没有的。乡校者，子产所谓"议政之堂也"。我们的打杂家，却是与世无涉与人无争；你吃你的饭，我种我的田，若要帮忙，一样卖他的力，如此而已。

二十岁的时候，我开始读《红楼梦》，知世间尚有宝玉其人，而且被称为"无事忙"的。据说青年男女，一读《红楼梦》便而发昏入迷，海宁蒋瑞藻作《红楼梦考证》，且举实例，谓有一女子因读《红楼梦》得病，而大呼宝哥哥以死者。然则男子之间，因读《红楼梦》而大呼林妹妹得病以死者，想亦不乏其人。此种尤二姐贾瑞行径，我并不同意。我本来自田间，并不企望宝玉那样艳福，倒是偶读《聊斋志异》，颇觉狐仙着实可爱，因她无门阀之分，颇肯下怜贫士。然而，我总敬爱宝玉，还肯"无事忙"，"无事"而"忙"，那已可见"事不由己，忙为他人"，这与我们打杂家的精神，颇有部分相通之处。宝玉以一公子身份，便对婢子下人，也肯低首下心，"拳拳服膺"。虽然也因此闯出大祸，相互吃醋起来，晴雯以是而死，但宝玉毕竟无何罪过，坏在别人小心眼儿。忍住自己一切怨屈，专替别人顶罪招怨，如此而曰"情圣"，毕竟是个"情圣"，如其我们一面叫宝玉是个"情圣"。而一面却暗指他是"吃豆腐大家"，那我真要为宝玉叫冤了。宝玉的悲剧的结局，大家都很了然：爱不由己，婚须"钦定"，才有杰出，事无专成。还得争得一领青衿，为祖宗撑门面，然后才出家了事。"无事"而"忙"，终于"有事"而"亡"。"无所为而为"的精神，大概在现社会是不受欢迎的。宝玉也就不得不被迫而有所为而无所为了！一入空门，皆大欢喜，呜呼宝玉，伏绯尚飨。

后百年而有所谓文坛上的"华威先生"出世。据归蓬先生的定义，姓文的"华威先生"是这样的：

> 譬如：有些作家今天结社，明天茶话，一下担任杂志编辑，一下荣膺副刊主笔，大杂志上写文章，名副刊上登诗篇，上午演讲，下午观剧，昨宵沉醉维也纳，今朝快读莎士比亚，笔底下是鲜血淋漓，嘴面上是努力杀贼，气宇风度，皆不愧为文化的战士，中华民族的"标准男儿"；实质是同"华威先生"一样，虚荣与伪善，为青年人所失却信仰，命运的悲哀与"华威先生"又无二致。

那是再也不能有所加添了，便是聊聊几句，已足抵过张天翼的一篇小说，更不须"有芥川龙之芥那样深刻照（？）晰的一支笔"，来"刻画文坛上的'华威先生'的脸谱"了。

人是有以别人的工作，作为自己讥讽资料的权利的。我非"专制魔王"，何敢剥夺此项权利。自打杂家，无事忙，以至文华威先生，一串响铃，叫过我们耳边，我们也只有震惊而已。但不能直面人生，深入战斗，以冷眼旁观，为标准工作，抽烟之余，讥讽杂出，快意当前，胜利在握。对这样庄子门徒，我也只有五体投地而已，然而，庄子也已说过："每下愈况"——不是"每况愈下"——庄子门徒，毕竟已无庄子心境了。"惠子相梁，庄子往见之。或谓惠子曰：'庄子来，欲代子相。'于是惠子恐，搜于国中三日三夜。庄子往见之，曰：'南方有鸟，其名为鹓雏，子知之乎？夫鹓雏发于南海，而飞于北海，非梧桐不止，非练实不食，非醴泉不饮。于是鸱得腐鼠，鹓雏过之，仰而视之曰，吓！今子欲以子之梁国而吓我耶？'"庄子是本"无所为"，亦无"而为"，而庄子门徒，却有所为——欲相梁而不得，便作此无所为的超然的议论了。此之谓"一代不如一代"。杂志副刊编得出，文章诗篇写得成，演讲有人请，莎士比亚读得下，则虽曰"不行"，较之空口说白话者，盖已胜过万万。

事无大小，功无巨细，能尽一分力，便尽一分；成功不自我始，王位且让他人，莫作壁上观，且为人下人，不必妄论虎子，先当跳入虎穴，然后论事看人，方无毫厘之差。否则，我们的打杂家，无事忙以及"文华威先生"，也只好唱他《黍离》一曲了：

彼黍离离，彼稷之苗，行迈靡靡，中心摇摇。

知我者谓我心忧，不知我者谓我何求，悠悠苍天，彼何人哉？

一个反响

——关于《关于"无关抗战的文字"》

编辑先生：

读了亢德先生《关于"无关抗战的文字"》，我有点不同的意见。首先我得指出的，对于一个人的某一种意见，应该和他平日的言论思想配合着来看。如其亢德先生在重庆"要求无关抗战的文字"，那么这个署名"吉力者"也许不会重视，大做文章。然而以指扁而谈和平的梁实秋，来"要求无关抗战的文字"，那正和他的和平主张一鼻孔出气，"吉力者"不放过他，正是"吉力者"国民的良心，而亢德先生却将梁实秋某一种主张和别的主张孤立起来看，那正是亢德先生上了梁实秋的大当。虽不"胡涂透顶"，也有点"那个"。

其次，我们以为"无关抗战的文字"，不应"要求"。要求是应看作为社会的一般的需要，不应以个人的需要而有所要求。但一说到需要，我们便不能不准衡社会情势，舍其所轻而取其所重。"拉着牛头饮水"，硬要梁实秋来写抗战文字，我们也没"要求"过。然而急其所急而缓其所缓，我们却不需要梁实秋来"要求"无关抗战的文字。何况，有所要求，即想扩大，然而，

亢德先生，我告诉你，这倾向实在"扩大"不得。

再次，亢德先生把抗战文字分做两种，那也太机械，太狭小。抗战的发展，是使中国成为"现代化"的国家，凡有关于能使中国现代化的学术思想文字，都可说与抗战有关。这是一。中国的抗战是为人类争正义，为中国人民谋自由幸福，研究"莎士比亚"我们不反对，但我们为了自己一代，为了子孙万世，我们对于遗产的接受，并不是毫无批判的。还得配合着某个目标来下手。这是二。而且任何一个作家能成为伟大，决非偶然，而主要是在其作品中充满着同情与正义。反对暴力的作品，固然为今天所需要，能增长我们的艺术力量的艺术作品，一样也为今天所需要。这里我和梁实秋和亢德先生不同之点，便是任何文字，不应撇开抗战，来个"无关"，而应辐集于抗战，来个有关。若是仅如三家村冬烘先生以背诵为业绩，以一字一句的推敲为研究，那不但今天不需要，便是昨天也不需要，明天是更不需要了。这是三。再扩大点来说吧，抗战与建国不能分离，建国工作沿着抗战的发展而建立，为使中国文化培植得深厚一点，专门研究，我们一样赞成，然而我们敢断说，这依然与抗战有关。

妄论抗战是不会有的，如其他对于抗战有信念。抗战并不一定要拿枪，就称得；也不一定懂得些军事经济……的人，才谈得。抗战是一种生活实践，吃饭恋爱，哪一样与抗战无关？要活在这抗战的中国，任何人都有些"观感"。只要把这"观感"写出来也就是抗战文字了。如其怕犯错误，那么在大众面前来一次校正，来一下反省，正也是为人之道。

有些人总爱"立异以为高"，听人开口"抗战"，闭口"抗战"，也就头痛起来了，以为这是赶风气，趁时髦，名之曰"抗战八股"，但可怜的是中国有多少穷乡僻壤里的老百姓，还需要这些"抗战八股"。"自我作古"，"以一己小天下"，正是今天无聊文人的习气，这倒还须用抗战把它抗了去的（抗去这习气，并非连人都抗掉）。梁实秋正是其中的一个，然而亢德先生是上当了。

并非"反攻"，我也不过发表我的意见而已。也许终于无可忍的写下几句话，是"并不宜也"。然而管不得。在"信念"之前，我不低头。

祝编安！

再论"没有法子"

写完了《论没有法子》，忽然感到自己文思枯竭，要再有所发挥，也是已经"没有法子"了。虽然说话中间，还有两种说法：其一是，"没有办法的办法"。其二是，"没有办法中想办法"。足见真的没有法子的时候，是很少的。便是到了如宁波人所谓"横竖横"的地步，还会拍拍胸头，喝一声："船到桥门自会直。"——任它去吧，不想办法，办法也自来了。但是我呢，是否可以来写一篇"没有办法的办法"论，或者写一篇"没有办法中想办法"论，这就很难说了。

说实话吧，我的作文，大都是抱着"船到桥门自会直"主义的。任它去吧，写下去，再说！这不是"笔底生花"。这不过是初生之犊不怕虎，鲁莽灭裂而已。

然而，还有一点要说，真的船到桥门"自会直"的事，那是不会有的。首先，你总得划向桥门去呀！不划，也就不"自会直"了。要划，则划中自能生巧。巧者妙也，巧妙者，办法也。

说起划，我虽不是叶澄衷，以划船而起家，但也划过不少次船。自然还是"旧帐"。在中学读书时候，我们的监学，阎王陈俊明先生，有一次，忽然心血来潮，提倡划船运动。学校地位落得好，月湖旁边，竹洲邻近。月湖十景，已经湮没无闻，惟竹

洲却巍然独存。这足见竹洲之可贵了。学校就此打了一只白瓜艇
儿，让学生课余饭后，划船逍遥。阎王开恩，弟子同庆，白瓜艇
儿，也就应接不暇了。

但从学校门前落船，要到竹洲去，就得穿过一座陆殿桥。
陆殿桥者，即吾师洪佛矢所谓"陆殿桥边明月夜，学生何处弹风
琴"之桥也。只要船过桥下，竹洲也在望了。别人划船到竹洲
去，是否为的看绿竹，我可不很知道。在我是别有所图。竹洲之
竹，远不如后乐园，更不如吾家的后门山。箭竹筊筊，实在莨琐
得很。地又狭小，几如衣带，五步竹林之外，就只茶楼一座。做
学生的，大都缺少慧眼，楼头品茗，湖畔赏月，这样的雅兴，是
没有的。虽然同学之间，吟吟"赏月楼头横玉笛，几家欢乐几家
愁"这样的句子，也还有人；但那诗，大都是在课堂之中，搜
检诗韵合璧，拼凑而成，顶多也不过来到楼头，唱它一遍，算是
即兴寄情，聊托风雅罢了。我既无此雅骨，不配来这一套，非常
显然。但我有副俗眼；年青，就爱看异性。竹洲之后，原来就有
女子师范学校。划着船儿，绕竹洲一周，校舍楼头，就有倩影姗
姗。笑声清沥，眸子动人。在我是对此"玉人"摇橹而过，容与
自如，颇有献技博欢之意的。

然而，难关也正是这陆殿桥的桥门。

桥门并不窄，船身也不大；但每过桥门，"磕头碰脑"倒
是"例行公事"。但虽然撞了桥门，船终是划过去了。不怕撞桥
门，也就过桥门，这是没法子的划船法。

世界上仅有一种人。"明眸皓齿"是贪看的，但总怕过桥
门。一怕之下，索性连船也不划。或者是，未过桥门之前，先就

一五一十，算定自己划法；两只慧眼，对中桥门，不及旁顾，又忘把橹，满以为胜利是在握了。可是，左右前后穿上船来，把你的一挤，船头错了方向，撞在桥脚下，终于不得出桥门。甚或船身翻天，淹死了结。这样的事，也是常有。

然而，这并不是说，未出桥门之前，不必讲求划法。划法还得讲求，但要在把定橹子，不断的划。老于划船的人，出桥门不是一桩忧愁。一边唱歌，一边划橹，嘎的一声，通知来船，出桥门了。既不会跟别船"碰头"，也不会跟桥脚"顶杠"，大都是悠悠然的。

那么抱着"船到桥门自会直"主义的我，写文章是不是也那么悠悠然呢？这可相反，我是大都还须撞撞桥脚，以划过桥门为胜利的。这不是没办法中想办法，而是没办法的办法。比如说吧："本风"编者碰见了我，总催一次文章。文章的性质，大都由编者钦定。杂文，或者小说，字数约略也有限制，二千或者三千。自然三千零一字，那也无妨，可是我不管肚里有货没货，灵感有缘无缘，大都总是唯唯答应，仿佛极有办法。但实际，直逼得非交稿不可，拿起笔来，还是一无主意；虽无主意，总得出货，写下去，仿佛也有主意了。这就是我的没办法的办法。

但没办法的办法，毕竟不如没办法中想办法。

知道"没办法"，那已经敢于"想办法"了。敢于"想办法"，那已经不会"没有办法"了。"没办法"，是行动的结果，"想办法"，又是行动的开始。行动接着行动，办法自然贯通。世上所谓"民主的办法"，大概是属于这一类的吧。

然而据说，"民主的办法"是不必要的：文章太长，姑且引用一节：

> 民众的能否积极参加抗战工作，全在隶属军政下面一切制度的运用，我们不明白什么叫做"民主的办法"。譬如兵员补充问题，是否令乡村民众来选举。这不但是笑话，并且是欺人，世界任何国家，在战时无不集权政府，如发动民众，补充兵员等问题，都应该按照法律办理，至于如何使民众积极参加，那就是军政时期军政制度的运用。宣传组织本为军政时期的重要工作，民众的发动，方法不外于宣传与组织，而动员全国物资，后方开发等全是军政制度的运用。什么叫做"民主的办法"？怎么样去使用"民主的办法"？抗战以来，全国几百万壮丁上前线，这是什么办法办通的？

照这看来，一语可以道破："命令"就是"办法"。有命令也就不会没有法子。这自然是不会错的，因为文章出自《中央日报》，小民何敢置喙。好在我并非是个政论家，天下大事照理"存而不论"，那么是照旧说说划船与写文章吧。

正确的划船的法子，照我上面所说，是在于划，把住橹子看中方向的划。如其船夫之中，有个数学家，自然也能以船近桥门的距离与桥门和船的方位，算定出桥门的"办法"。可是以此办法，叫所有船夫，刻板做去，能否做得通来，实在有点问题。自然，要划出陆殿桥桥门，上竹洲看竹赏月，或者为"明眸皓齿"献技，那目的是移动不得的。但船夫有高有矮，力气有大有小，转腕之间，橹板入水，有深有浅，起伏的摆度，有阔有仄；划法也就各各不同了。如叫我们船夫数学家来"办"，自然只有高的斩头去脚，矮的拉长脖子，垫起脚跟；大的打气，小的放气；如此如此，这般这般，也就办通了。然而，毕竟是个梦。船夫虽然下流，但非糕粉园子，可放在一个模子里印出来的。聪明的老船夫，教"民"划船，也还指点大体，此外是得由各个船夫，自动学习的。然后船夫能成其为活船夫，办法也就成为民主办法了。

再说写文章。我是首先感到对于"本风"的我的责任。编者命令，我才"其甘如饴"的接受。独脚戏既难开唱，同人杂志总得同办。执行编辑事务，编者有命令我的权利；写我自己主意，编者没干涉我的理由。不使刊物塌台，谨守抗战第一，两大原则之下，我还有我的自由。这是编者给我"民主的办法"，既非"拉着牛头饮水"，自无"捉来蜜蜂不做蜜"之弊，所以我一直快乐地写下去也。

但天下事，真也有"没有法子"的时候。那就是政令行于上，民情隐于下。等因而后奉此。此而不奉，国法从事，于是摇头叹气，曰："没有法子。"真的"没有法子"吗？那是不许我"没有法子中想法子"而已。人既要活，在共活中求活，人是会有求共活中活下去的法子的。要求共活，总得各适其用。其用而"适"，其效自宏。欲适其用，非关量才使器，而在"自适"其用。——也还是"民主的办法"。

然若"本风"编者，不以我言为然，而曰这是有损我的权力，违反我的命令，则我何敢，只好搁笔不谈，于是真的"没有法子"。天乎！地乎！奈何！奈何！

烈士与战士

十九年前，偶翻《民权素》，见邹容所作黄花岗诗云：

> 七十二烈士，骨葬黄花岗，
> 黄花开灿烂，英雄骨亦芳。

稍一过口，便即成诵。这固然由于诗节铿锵，含意浅出深入，易于记忆；然烈士遗风，弥足感人，要非无故。

一九二七年初春，我在广州，名义是留守后方。书生虽着戎装，手头依然笔杆。故为不失本色起见，总是上茶室品茗，到郊外探胜；革命革得这样清闲，也可说"叹观止焉"了。

但以是我得乘暇一到黄花岗；不敢说是"凭吊烈士"，不过于探胜之余，聊寄孺慕之情而已。不有先人的血，何有今人的生。七十二烈士的精神，我实见之于北伐时英勇的革命军人。

然而，我的隐忧是有的。在胡适的《题没字碑》的诗里，我记得有这样的两句：

> ……他们的精神，干！干！干！
> ……他的行动，炸弹！炸弹！炸弹！

　　这喊声，听来自然是响亮的。但仅知道"干"，而没有"干"的内容，仅知道用"炸弹"，而不求炸弹以外的实质，到头来依然还是个空。要做为一个烈士，先得是个战士，"干"以外知道"所以干""为谁干""干些什么"。"炸弹"以外知道"主义的实施"，"政策的推行"。然后能成其伟大，而使天下后世景仰无穷。否则，"一将成功万骨枯"，这人间的悲惨，是不可以语言形容的。

　　然而今之所论，则又不然，七十二烈士以血肉创开道路，中山先生以毕生的精力为之继成，这生命的洪流是一贯的。我们之所以以继承先烈者，亦惟有仰体遗志，既沉着，又勇敢，不避牺牲，毋忘建设，使灿烂黄花，永为自由幸福之象征，则英雄之骨，自亦芬芳万世了。

战士与乏虫

战士与乏虫，显然是两种动物。然而在乏虫的眼里，战士也不过是乏虫而已。

大鹏背若泰山，翼若垂天之云，飞腾直上，达九万里，绝云气，负青天，图适南冥，斥鴳笑之曰："彼且奚适也，我腾跃而上，不过数仞，而下翱翔蓬蒿之间，此亦飞之至也，而彼且奚适也。"于是大鹏之飞腾为"无谓"，而斥鴳飞翔于蓬蒿之间为有"实际"。乏虫以乏虫视战士，正复如此。——不为理想，但求饮啄，以饮啄笑理想，世固多有。

战士为求理想，但不忘饮啄——见其大，亦不遗其小。故欲图南冥，必先起于天池，而乏虫却以小易大，——造作蜚语以自大。"井蛙小天，夏虫语寒"，毕竟还是个虫类。

然而乏虫犹有说焉："战士之所以为战士，无非欲率领群伦，南面而王。——领袖欲作祟耳。"

战士不必为领袖，但战士亦无妨于为领袖。衣之提挈，必在领袖。领袖必附于衣。然衣之为用不在衣。衣非人身，其用不显。衣之于人身，职在护暖；故人身第一，衣与领袖次之。以领袖为光荣，而忘却护暖之为用，是则舍本逐末，葬送自己！

领袖之功绩，寄托于事业；而事业不归于个人所有。故战士无妨于为领袖。然若以个人之事业为事业,则必巧取豪夺,相互搏击,非至两败惧伤不可。似此貌若领袖之独夫,虽能荣耀于一时,终必倒败于万世。故战士不必为领袖。

而乏虫则以战士与独夫等观。蓝眼镜所见者蓝色,处处以己衡人。则人为己之扩大。个人主义的私生子,貌似"超世",而实不能"超己",独夫为乏虫之放大照相。有其"乏"亦有其"狠"。同为个人主义私生子。

然乏虫虽"险"与"狠",却故示"宽大",惟战士为不避"残忍",不有断臂绝腿,医生无以治巨创。医生以残忍完成大爱,以是见医生之伟大。动心忍性,战士亦所以求事业之成全。而乏虫则反是,未见生命,只见腿臂。腿臂宜存,生命不必置问。曰:"求其形骸之完好也。"然命之不存,形骸何在?朽腐之余,蛆虫百出。乏虫其以此蛆虫引为同志乎?

战士不求珠玉,但求米粟。米粟虽粗杂而其用广。人得米粟而生,百政以举,世业以宏,而人类的历史,将放灿烂的光辉。乏虫以珠玉而耀众,谓为"名山事业",然不过"墓中骸骨"!

我以是知乏虫者,乃小趣味的蠕蠕动物也,不足计数!

侨居杂记

一

虽然我的足迹没有跨出祖国的海岸线，但我确实被证明是华侨了！因为我落脚在香港，它停车处的牌子是这样写的：

"如欲乘车，乃可在此。"

有一天我上一家馆子去，向堂倌要一中菜单子，堂倌竟然回答说："我地有唐餐与口旁！"

这仿佛叫我有点吃惊。

又有一次，我去拜请一位先辈，摸错了一层楼，叩门时，一个中国女同胞应声而出，打开门，生气似的说道："嘅地有唐宁个！"

这个，简直使我吃惊了！

我知道，美国有所谓唐宁街，那是被美国有些作家描写成为藏垢纳污之所的，小偷，苦力和抽大烟的，生活在蒙昧无知与极端的神秘里，以它当作腐旧劣败的国家的象征。这"唐人"和唐餐的称谓，不但给我以生疏空漠之感，而且给我以若干的侮辱。然而这却出之于同胞之口。

征服者往往是从生活极细小之处，将被征服者脱离其祖国的怀抱的。这怕不一定是我的感觉太纤细了吧！

二

落脚在香港后，常使我想起居住十年以上的上海。而日来尤其使我想起的，是上海弄堂墙壁上，那种"禁止小便，如违送捕"的工部局布告，这真是一个奇妙的念想。

大概所谓布告，也是法令之一种吧。自从文字发生魔术作用以后，那种类乎布告式的招贴，中国社会里有的是：古旧一点的，有所谓"泰山石敢当"，这是为克服"冲"和"邻"的；有所谓"天黄黄，地黄黄，小儿啼哭在娘房，过路君子读一遍，一夜睡到大天光"，这是祈求援助而借避灾难的。而十足表现出中国人的损人利己主义的特色的，则有所谓"重伤风出卖"的招贴。但这些，实在也是穷困无告的小民，在自然暴君残酷的迫害下，不得已而想出来的办法。他们为两脚动物的人类暴君所鞭笞，剥削，夺去了他们所有生活的资料，窒塞了他们用以争取个人的生活的机智，而被掷于自然暴君的宝座之前，他们也祈有发出这种绝望的祈求，或至残酷的嫁祸于人而求以一己存活的想头，那又何足深责。若与所谓"禁止小便，如违送捕"的皇皇布告相较，那是不能同等论列的。

但我之所以想起上海这一种布告，那是因为我积十余年之经验，知道凡是这布告的所在，也就是小便最适宜的处所，布告之下，必定是黄澄澄一大堆尿痕。据一个朋友告诉我，他有时也曾为这布告而踌躇，但当他一转背间，一个彪形的巡捕，却大踏步走到这布告前面，昂然的扯下裤子来尿。

于是而可知所谓法之一种的布告者，其意义也不过如此。

　　与其重法令，何如言改革。造几个公厕所，我想人是未必愿意在布告下"昂然的扯下裤子来"的。

　　然而真的被巡捕抓住衣领直推到长弄的一角，伸出手来让价钱的事也不是没有。这又可是法令之一种的布告的更大妙用了。

三

　　一个夜晚，我酣睡于一个临海的高楼。

　　海风送来澎湃的涛声，我入梦，我听到一个巨大的呼号。

　　"我们要深切反省，我们要执行自我批评。"

　　"有人批评我们腐败衰老，有人讥笑我们懈怠松弛，我们应该接受，应该承认。"

　　"如果我们的团体的基础还没有稳固，我们的团体的信仰还没有确立，而一般同志，就以为我们应该有特殊的地位，并该享特殊的权利，这就完全错误！"

　　那声音，如洪涛嘹亮，响彻云霄，我震惊，但戛然长逝了，我又入梦了。

　　我看到一群税吏与法利赛文士，广集在一起，窃窃私议。

　　"是的，我们发挥这宏论！"法利赛文士说，"我们腐败衰老是因为我们工作懈怠松弛，而不是为的什么，特别是我们打击'匪徒'的工作，还不够加紧，而且古昔圣王之下没罪己，正也是稳固宝座的一法。这是不足深虑的。"

　　"先生，请你细细检查一下看，"一个年老的税吏说，"有说到我们税收的贪污事迹吗？"

　　"老同志！"年青的法利赛文士说，"绝对没有！而且这主张经济重于一切呢！"

"那是不是说加强经济统制呢？"老税吏说。

"自然是啊！"一个家藏有经济博士学位的青年税吏说，"这于我们的收入是绝对有利的。然而，我们也得记住古圣人的一句话'窃钩者诛'，还得用小喽啰的血，洗刷我们的活迹吧。"

"这还不够的！"当师爷出身的一个文士说，"救济是必需的，特别是那些喜欢叫喊的青年，和玩弄笔杆的文士。教育贷金啊！文艺补助金呀，应该多多举办。"

"布施是集中财产的最好手段。"于是由一个当主席的文士作了个结论。

"诸位的自我检讨和种种设计，都是很周密，很对的。我们的领袖是说，如果我们的团体的基础还没有稳固，信仰还没有确立，所以我们的同志不能有特殊地位，不能享特殊权利。但因为我们要有特殊地位，要享特殊权利，我们首先得稳定我们团体的基础，确立我们团体的信仰。因之我们必须有一个观念：我们的团体统治一切，高于一切，而且是创造一切的！"

"我们所获得的果实，唯有我们能享受，又谁得而非议呢！"

"我们便是一切！"一群人全都呼喊起来。

于是我豁然惊醒。仰望窗外天空，乃见黑云如墨。我憎恶这香港的气候，阴晴无时！

四

我早知道我们的巴比伦是要倾倒的，我在上海的时候，我为它祈祷：

"巴比伦呵！你至今还能巍然存在，乃至你能以你生命之血，供养你的敌人！"

"敌人因你而壮大了！你的子民，却因你的'忠恕之道'而倒毙了！"

"你挂出了'军事第一'的招牌，阻止海国国员的检查，包运着敌国的私货，你的吸血管直接到中国的心脏，直通到峨眉山脉的首脑，你于是得到暂时的喘息了！"

你借用"粮食统制"的名义，垄断了粮食的买卖！驱策着临海乡民"资冠盗粮"，逼迫城乡居民成了饿殍，你的太平得借死亡率之增高而确保了——

"巴比伦呵！你现在成了敌人的宠儿！你是不会倾倒的吧！"

然而，我到了香港不久，我们的巴比伦终于倒了！因为它已成为中空的枯树了！

报纸上是这样揭载着："二十日，敌人攻陷了镇海——二十一日进攻宁波，且直捣石溪之口中，二十二日是侵入奉化城。"

巴比伦是这样倒了！我们的巴比伦！我们的巴比伦！

五

我猛然想到，我如今是个华侨，虽然我很难得在香港找到我们的老乡，然而，我不禁也要喊出：

"保卫华侨的故乡。"

　　我知道：不能自爱，也不能爱人，不能爱自己的故乡，也不爱我们的祖国。人类以无数的我之积集而得充实，祖国以无数的故乡的保卫而得稳定，我以是有感于这一口号之壮伟。然而法利赛文士逞弄起笔杆来了！

　　"民犹是也，国犹是也，何分南北……凡我们版图内的尺寸地，莫不是流血力争的对象，更何能再分为华侨的故乡与非华侨的故乡……今吾人若以'保卫华侨的故乡'为言，岂不是暗示人们，国内当局和将士乃至人民对华侨的故乡并不十分注意，故有特别提出这口号惊醒国内当局和同胞的必要？又岂不是含有分化团结的意味？"

　　于是"保卫华侨的故乡"的呼号变成了"分化团结"的罪名，然而华侨竟无保卫故乡的权利，则又何有于保卫我们的祖国？一日而失地千里，三日而浙闽沿海诸大城市，尽沦入于敌手，故乡之土地日蹙，祖国的土地岂能独增？而法利赛文士之所以为此言者，岂非欲使我们忘却故乡沦陷之真实的痛感，而徒然炫惊于"保卫我们的祖国"的空洞的呼号吗？

　　我于此深知法利赛文士的用心，他是为那些使我们的故乡不战而供诸敌人之手的顽劣之徒洗刷血口中之污迹。

关于"巴人"

　　建国以来，人们写文章，很少谈到自己的事，这自然是很好的。但我总觉得写别人的事里面没有"自己"，同写自己的事里面没有"别人"，一样不能引起亲切之感。

　　我还来写写自己吧——关于"巴人"，并非为的装饰自己的羽毛。

　　是那样一天，在鲁迅学术报告会上，一个年老的越南作家看到我的《鲁迅小说的艺术特点》的署名，他就通过翻译，问道："这巴人，不是鲁迅《阿Q正传》发表时的署名吗？"接着，他还笑笑说，"大概你希望继承鲁迅的传统。"

　　我不免有点惶恐了。然而，紧接着使我想起两件事。

　　大概是一九三九年，这"巴人"两字，已作为我文章的"标签"而出现了。有一位姓张名若谷的，在写文章骂我时，是在"巴人"之上，加上一个"王"字。然后再殿之以我的真名的，意思不仅在于这个"人"是"王巴"——"王巴"者"亡八"也，而且在于向敌人告密。我以是看出这人的嘴脸，我没有去吞吃他放下来的钩子上的"饵"。

　　一九四一年秋，我到了新加坡，在一家中学教书，有个叫做欧阳健（？）的人吧，从苏门答腊的棉兰写信给我，不知他怎么嗅出这个用"巴人"标签的人，就是在那学校里教书的我。他庄严地提出抗议，大意说，"巴人"是鲁迅的笔名，而你竟剽窃来使用，必须向大众宣布理由，否则，将来在南洋报章杂志，出现也用"巴人"笔名的文章，责任就须你负云云。我没有回信，理由是有的，但也不便向大众声明。至于，是否有并非我写而以"巴人"署名的文章出现过，我也无从知道了。

　　大概从很小开始，我就像奇怪老人一定要长胡子一样的奇怪，每个人必须加上一个名字。农民之家，大概是以阿狗，阿猫来名自己的孩子的。而我据说生下七日，曾经死去，母亲已给放在脚桶上，丢在后门，让一个善埋孩子听说还在坟地上偷偷烹吃死孩子的"堕民"来拿去埋掉，但不幸却在他一翻弄之间，这个婴儿竟哇的叫出声来了，于是有了活到现在的我。为了击退以后的灾害，父母把我取名"和尚"。意思是已经"出了家"，阎王也想不起叫无常来捉我了。自然，我还有"乳名"，上学后，还有"学名"，大概因为一个人，名字可以随时另加，于是我就很看轻自己的名字了。等到长大，求生于社会，跋前踬后，动辄得咎，虽想奋发，却常没落，那就越来越瞧不起自己，因而常常责怪人之必须有名。名者实之宾也。"名"之所在，"实"亦随之，我就想毁"名"以弃"实"，故亦名"毁堂"，可见阿Q相之十足。然而，世上却也常常循"名"以责"实"：在抗战爆发前一年，我无以自活。《立报》《言林》的编者谢六逸同我相约，每月写短评二十五则，致送酬金三十元，但不必署名，由编者自填。因恐引起猎狗之嗥嗥而不利于我。我由此弃"名"而求"实"，益发觉得"名"之不足重了。

但这于我终于以"巴人"为我文章的"标签"无关。

就因为我处在这样尴尬的境地，抱着这样灰色的心情，当我在一九三八年编辑上海《译报》的《大家谈》时，偶写短评，也是时换"标签"的。记得最初是用"八戒"，大概是有慕于"猪八戒"之为人吧。也不知是读者喜爱猪八戒，或喜爱以"八戒"署名的文章，用"八戒先生"为称呼的信，日不暇接。而之后，却有一位商务印书馆的先生，亲笔画了一幅扇子，并书"八戒先生指正"以相赠，可惜我现在竟忘了这位先生的姓名了。这扇子，对于大概因好吃而胖了起来的那个猪八戒，在盛暑之际，是颇为有用的吧。

然而，不行。听到颇有不利于"八戒"这个写文章的人的消息了。那就让他回老家去吧。于是改名"行者"。是否为的孙行者十八变："我拔出一根毫毛，变形站在这里，你将怎样呢？"的意思，这已经记不起了。总之是改用"行者"了，用了一些时候。

有那么一天，《译报》的经理赵邦燨被那时公共租界的工部局叫去了。说是日本人向他们提了抗议，为的《译报》登了抗日文章。《译报》是以翻译外文报纸的消息而命名的报纸。只有《大家谈》上的文章是中国人写的。这就必须马上而且立刻革掉这个编辑的职，否则唯经理是问。经理匆匆跑回报馆来，述说了"训斥"的经过，然后狡猾地笑着说："《大家谈》付型了没有？让那'行者'改个名字吧。"短评是已见之于校样了。于是我拿起"红笔"，涂了"行者"，写上"巴人"。大概是由《大家谈》而想到"下里巴人"。这样，"巴人"就行之于世了。

人们的确好意，最初是担心"八戒"之下落，之后是有伤于"行者"之失踪，而最后却来信追问："巴人者，姓甚名谁，何许人也。"而我则姑答之曰："巴人者，姓巴名人，下里人也。"于是好心的读者，也就心安理得了。幸而不久，我走出了《译报》。我已成为飘忽而不可追踪的人物，凡有所作，就用"巴人"作为"标签"了。

我也逐渐正视起自己的事业来。凡文章总为求呼应于读者而写的。使读者熟稔于一个人的作品，而追寻其战斗的目标，为是为非，必须自己负责，这是社会的责任。而如果其中还稍有一些可用之处，于读者有益，则更能借一个固定的名字，而扩大一些影响。这就是使我虽然冒剽窃鲁迅笔名之罪，或被讥为自期传鲁迅的衣钵，而仍没有想更改这个"标签"的想头。

呜呼，一名之立，亦经沧桑，我以是写《关于"巴人"》。写关于"巴人"者，非为谁，依然是外我而存在的巴人也。——是一个社会的存在，也是属于社会的。

"肯定"与"否定"

我是一个怕写杂感而又只能写写杂感的材料。

怕写杂感，因为我看出自己的灵魂里还有不少小资产阶级的东西，或者竟可以说，我的灵魂还是个小资产阶级的"王国"，没有很好的改造过。比如说吧，我看报纸，重要的社论，我是一定看的；但有关农业生产和工业生产的报道，我就很少细看了。揭露官僚主义和强迫命令的行为的新闻，我是常看的；描写英雄人物和劳动模范的事迹的特写，我就大意地忽略过去了。推而及于其他，我很欢喜看马克思列宁主义的哲学著作，但不大爱看马克思列宁主义应用于实际事务方面的论著，比如像社会主义的经济建设方面的著作。我欢喜看批判的现实主义的经典作品，尤其欢喜看莎士比亚式的悲剧，但我不大欢喜看社会主义现实主义的有些作品，觉得其中的英雄人物，可望而不可即的。……这一切，使我怵然惊心于自己灵魂里，否定的精神何其多，而肯定的精神何其少？而且，还使我恍然看到，在这社会主义改造的今天，小资产阶级知识分子的灵魂是处在理论上肯定，实际上否定的矛盾和激荡之中。由此而执笔为文，写些对于社会事物的感想，总是不免流于偏激的。

投影于阳光之下，使幼小的植物得不到阳光的培育，偏激之有害于社会主义事业，正同此理。

但就我个人而论，灵魂中这些病态的存在，一由于"积习未除"；二由于"自视特殊"。生于清末，长于"民国"，"老"于革命时代的今日，五十六七岁的人，没有旧社会的积习，那是"海外奇谈"了。而我却又是一生卖文过活，处屠夫与恶魔共同统治的旧时代，心仪革命，专事破坏，杂文似乎也成为我战斗的武器了。这就使我成为一副只会写写杂感的材料。然而，破坏是容易的，建设就困难了。如果国民党的统治，可比之于魔宫，那么要拆毁它，用革命的大炮轰，固然必要；而今天拆它一块砖头，明天挖它一块墙脚，对于革命也不能说毫无作用。而我正也以拆砖头、挖墙脚为快意的。但今天却是建设社会主义大厦的时代了。人民需要你的，却是铺砖头、叠墙脚的辛勤劳动。这就需要专门本领了。而社会主义大厦在未建成之前，是凭借蓝图来建筑的，目标并不很显著。人们必须在头脑里有这蓝图的结构，并须有肯定这蓝图的精神，才能从事于建筑，使一砖一石的奠定，莫不心仪于整个大厦的结构和完成。如果我们既没有肯定蓝图的精神，又缺少铺砖叠墙的本领，而偏欲以知识分子的身份，自傲于众人面前，仿佛什么都比别人懂得多一点，可以站在一旁，借"争鸣"与"齐放"之名，指手划脚，专门指责辛勤劳动者的缺点，以求快意，那是没有不妨害别人的建设的。我之所以怕写杂感，就因为恐有类于此种情形而会犯下了过错！

有缺点而应批评，那是无可怀疑的。但目的在于建设，而不在于破坏。而否定精神多于肯定精神的今天的小资产阶级知识分子，要批评中的而不流于偏激，却又是十分困难的。这正是像我这样"随感式的人物"的悲剧!

不沉湎于"自以为得意"的悲剧里,从"积习"与"自视特殊"中解放出来,投身于辛勤劳动之中,改造自己,加强对新鲜事物的敏感,树立积极的与肯定的精神,从肯定中来指出缺点,那我也将会有鼓舞共同劳动者的战斗性的杂文了,我这样想。

朋友,这回,我说的是自己,那么,你呢?

消亡中的"哀鸣"

读了《小品文的新危机》，说是小品文面临了许多矛盾，没法解决。将要"消亡"了。这使我觉得茫然无所措，仿佛真的有了那么一回事。于是我沉默，不想说什么。反正我也没有多余时间拿笔杆。让我的笔杆面临着消亡的运命吧。

但又读到了《我看小品文》，说小品文要是要的，可是应该有些分寸；可作批评的工具，少作或不作讽刺的工具，至于只重诙谐、幽默和趣味，那不过是故意歪曲和夸大，要不得。这样，法规是订定了，而小品文也仿佛可免于"消亡的危机"了。于是我不甘沉默，而有所欲言了。

说小品文是不民主时代的产物，现在是社会主义民主的时代，"原是萌芽于'文学革命，以至'思想革命'"的小品文就应该失去其存在的理由。这话，听来是很堂皇的，"原则性"很强的。但不民主的时代，居然还能产生革命的小品文，那么，在社会主义民主的时代可也难免产生不民主的事实吧！我看，事情就是这样的。

思想革命并不是今天革了，明天就"一劳永逸"了。革了"奴才"和"西崽"的命，还得革"老爷"和"君子"的命；革了"地主"和"资本家"的命，还得革"自私"与"贪欲"的命。"思想革命"可真是个不断革命论者。这是它本身使命规定的。

再从我自己来说，并不是今天我革呀革的革去了我的坏思想，晚上睡了一大觉，明天我就满脑子是好思想了。我家有个女工，做饭的，贫农出身，成分好极了。可是她就爱把我那份多余的粮票，去买面，米，准备带回家去。我说，有多应该还公家。说一次无效，说两次依然。她和保姆都在我家吃饭，却自己吃着炖蛋汤，也不分一点给别人。这就闹起来了。自私面前没有公家，贪欲面前忘了别人。"好成分"不一定能保证思想进步，正和民主时代不一定能保证没有不民主的事实。摆在我们眼前的，就有"老爷气"（官僚主义），"君子腔"（教条主义），革乎不革?

革是要革的。但要"中正""和平"，可以批评，不可以讽刺。讽刺用用也可以，但要得当，少用点。——可不是吗，现在是解决人民内部矛盾的事情呀！然而，疾病之于生命，却是敌人。我有生命，但我有疾病，真的也是内部矛盾。前些日子，我孩子患了流行性感冒，发烧三十八度，我看报上说，不好多用抗生素，请了个中医下药。药味既中正又平和。吃了后，发烧到三十九度，再吃，第三天，到四十度，而且扁桃腺肿了。于是请西医，打了链霉素针，还吃氯霉素药，烧退，病除。看来，烈性而有副作用的药，对于祛除疾病，保护生命也还有作用的。就是有些中正平和的中药，也常用生姜，葱等辣性的东西作引子。那不是中正平和之中还须加点"刺激"吗？批评本身未尝不是讽刺。讽刺也不过是真相的揭露，批评而可不揭露真相吗？

问题在于治病救人，还得对症下药，如果说，哪些药应予禁止，哪些药才可用，预先规定下来，那是难乎其为医生的了。

我以为，文章不论是大品或小品，没有本身的风格，风格之所由生，在于作者。故曰：风格是人。而正当小品文兴盛，并且为读者所欢迎的时候，竟有人说小品文应该失去其存在的理由，或规定应该怎样怎样才可写，那正也表现了作者的风格。其目的无非是保护一个"老爷气"，发一通"君子腔"罢了。

然而，对小品文作者的社会压力是有的，而且这种压力往往是自某些上面下来的。我自己也常常退却，以至反省，真的觉得自己不行，因为自己究竟还没有"底"。但那是某些作者的消亡，而不是小品文本身的消亡。大胆的小品文，必然会站出来，说道，我要活！而且永远活下去！